寶瓶心靈塔羅牌
AQUARIAN TAROT

作者／Craig Junjulas　繪圖／David Palladini　監修／推薦　丹尼爾

美國遊戲公司獨家授權國際中文版

目錄

推薦與導讀

用直覺感應占卜的塔羅傳統

　　寶瓶心靈塔羅牌的套裝是由兩個不同的商品組合而成：首先在一九七〇年時，義大利裔的美國藝術家David Palladini完成了「寶瓶宮塔羅牌（Aquarian Tarot）」，並由美國遊戲公司（U.S. Games Systems, Inc.）公開發行；這副塔羅牌一發行即受到廣大研究者和收藏家的歡迎，並常居於美國遊戲公司塔羅銷售排行榜的前五名。接下來在一九八五年時，美國的神秘學家Craig Junjulas以寶瓶宮塔羅牌為圖例完成了「心靈塔羅（Psychic Tarot）」這本書，來結合心靈發展與塔羅牌這兩個主題，同樣交由美國遊戲公司發行；在當時「心靈塔羅」這本書算是非常前衛的創舉，並引領之後相關書籍出版的風潮；到一九八六年時才由美國遊戲公司將這兩個不同商品結合成套裝販售，所以在尖端出版社引進時便命名為「寶瓶心靈塔羅牌」。

　　在歐美的塔羅牌占卜應用，長期以來就有兩大傳統相互輝映：一類是著重於利用理性分析，因此在學習的過程中會透過記憶基本牌義、使用牌陣的分析架構，以及加強相關理論訓練與邏輯分析能力來幫助解牌；另一類則是以直覺的感應為主，因此在訓練的過程則是以開發心靈能力（psychic abilities）、增加敏感度（sensitivity），並且利用天眼通（clairvoyance）和天耳通（clairaudience）等靈性感官來幫助解牌。之前尖端出版社推出的「塔羅魔法學院」當中大部分的書籍都是屬於前者的傳統；而本套裝隨附的解說書「心靈塔羅」則是屬於後者的傳統。

　　作者在書中開宗明義即表示自己是走占卜的直覺感應路線，因此在第一章當中簡單介紹塔羅牌之後，第二章作者就開始介紹

開發心靈能力的方法；首先，作者簡單介紹「潛意識」、「意識」與「超意識」這三種意識狀態，氣場結構的「乙太體」、「星靈體」、「心智體」和「精神體」，以及人體的「脈輪」系統等等當成背景知識；接下來，作者介紹「冥想」、「放鬆」、「導引」及「連結」等基本功夫；最後，作者教導我們如何避免因為學習心靈技巧可能犯的四種錯誤，以及「自我療癒」的技巧。等到這些基本功夫練熟了之後，就可以進入第三章「心靈的接收」，練習「天眼通」、「天耳通」及其他的感應技巧。

其實開發心靈能力的方法和技巧遠比書中所提到的部分更為複雜和困難，因此即使讀者依照書中的方式練習而覺得沒有進展時也不要感到挫折，真正穩定準確的直覺感應需要花費非常多時間和精力苦練，有些人隨便想到什麼就講什麼還自稱為「直覺式」解牌，只能算是自欺欺人的半調子而已。對於心靈能力有興趣的讀者可以先參考由尖端出版社出版的《接觸靈光的第一堂課》以及由世茂出版社出版的《靈犀之眼》，等到對這個領域有更多認識之後，再來練習書中的技巧會更有效率。

接下來就進入到大部分塔羅書都會提到的內容：第四章以愚者之旅的故事作為介紹大阿爾克納的引子；第五章當中詳細介紹二十二張大阿爾克納的牌義，值得注意的是作者在開頭與結尾針對愚者作了兩次的說明和介紹，有興趣的讀者可以深入思考兩個層次愚者的不同之處；第六章作者依照「權杖」、「寶劍」、「聖杯」、「錢幣」的順序介紹小阿爾克納的意思。第七章當中作者舉了三個例子來說明如何由塔羅牌的圖像引發直覺，並提供其他直覺的範例；第八章則是介紹如何做心靈式的塔羅牌解讀，同時運用四個牌陣範例來說明。在附錄當中作者簡介了靈數、占

星和塔羅牌的對應，並對塞爾特十字牌陣作了個人觀點的詮釋，最後作者以表格方式列出七十八張牌正逆位置的正負面傾向，對於初學者判斷會有一些幫助。

　　如果你本身已經有一些心靈能力的修練基礎，那麼透過實際練習運用本書的各種解牌技巧，對你來說應該是有機會慢慢達成的；如果你本身並沒有心靈能力的修練基礎，但是又嚮往能用直覺感應做塔羅牌解讀，那麼丹尼爾建議你先充實這個領域的相關知識之後，再耐心地練習各種心靈技巧，也許有朝一日你也可以達到直覺感應的境界；至於比較偏好理性分析來解讀塔羅牌的讀者，則是可以把本書當成增廣見聞的補充教材，或是直接跳過第二、三章，忽略第七、八章，在熟讀牌義和其他資料之後之後，仍然可以用你熟悉的途徑來解讀這副寶瓶宮塔羅牌。

Daniel 丹尼爾

前言

　　本書目的在於連結我最珍愛的兩個主題──心靈發展與塔羅牌，這個連結可以從任何一方開始，假設你研究塔羅牌，自然就可以跨入心靈發展的領域；假如你對心靈發展感興趣，同樣能探索塔羅牌的迷人世界。

　　身為個人與心靈發展的指導員，我非常樂意介紹這個令人興奮的主題，以及它對大家的益處。我會試著將這個秘傳教誨轉化為單純的條目，並結合日常生活經驗。相信每個人都擁有心靈能力，只要運用常識和真誠，就可以簡單安全地發展它們。

　　我也相信塔羅牌可以用一種有趣而實際的方式，透過靈魂的發展來引領學生。這些牌的圖案揭露了秘傳智慧，與日常生活經驗相關。以心靈解讀的方式真誠使用塔羅牌，可以使得解讀者與問卜者共同作工、成長並被療癒。我向正在接受成為氣場解讀者與療癒者訓練的學生們推薦使用它們，因為牌面會傳達某些關於問卜者的重要訊息，而解讀者也許無法藉由直接觀察個人能量而看到它們。我將塔羅牌當成是一種接收靈性洞見和智慧的冥想工具。

　　我之所以推薦使用寶瓶心靈塔羅牌（Aquarian Tarot），因為覺得大衛・帕拉迪尼（David Pallandini）在畫這副牌的圖案時已經得到天啟。他結合了上古以及現代的符號、圖案、顏色並且直接宣告寶瓶世紀的精神。這副牌對於使用者在情感上有非常大的影響，似乎能喚起幫助他人的欲望，去幫助當下正在尋找生命意義的人。

　　在寫這本書時，我同時考慮到初學者和進階使用者的需要。

初學者通常會對每張牌的多重意義感到困惑，當他們試著將這些涵意都套用在實際解讀時會更沮喪，因為塔羅牌會跟人的潛意識互動，所以每個作者對每張牌的意義與象徵都有自己的解讀，了解這個過程可以幫助初學者將牌面的多重意涵當成幫助而非妨礙。

　　我結合了傳統與現代還有自己所理解的解釋，再分成幾個層面說明，如此就不會令人感到困惑。藉由對於牌卡的基本解讀，你將更了解自己，並且學習時會在潛意識當中儲存這些意義。當藉由心靈發展來學習塔羅牌時，相信潛意識浮現的心靈印記，你將會在需要時獲得幫助。接受這些直覺的洞見，能幫助你排除想記住並運用每張牌義的壓力與困惑。

　　進階的學生或使用者將會享受到結合實用心靈發展技巧與這套系統所帶來的擴展以及成長的機會。這套系統提供的額外啟發以及療癒能量應該能使你成功地幫助他人。

　　當你對這樣的學說敞開心胸時，希望接下來的內容能對你有所啟發，並且溫和喚醒你的心靈能力。運用寶瓶心靈塔羅牌時，希望你內心的光明能照亮所有人類，並且反映出高我（Higher Self）的愛、智慧以及力量。

C. J.

第一章
寶瓶心靈塔羅牌

從大小阿爾克納、研究方式、牌義、象徵、文字、數字、圖案、牌陣等要點來認識《寶瓶心靈塔羅牌》。

塔羅牌是一個完整且非常具影響力的圖象溝通系統，藉由圖案、符號、文字以及數字的組合，描繪牌所代表的意義，牌中包含了秘傳的象徵。塔羅牌處理人類存在各方面問題，並教導關於宇宙的非物質層面。它讓我們可以利用宇宙中對我們心靈感官有所啟發的智慧，並傳送神聖訊息。

　　牌卡包含的智慧有許多層次。當你發展並準備好了解更深領域的知識時，牌卡似乎會以一種新的方式說話。你也許會看著同一張熟悉的牌卡，然後驚訝於新的察覺。有時候，卡片就像有生命似地以其能力給你適時的訊息，洞悉並深深了解你的相關需求。

　　塔羅牌的起源是個謎，雖然市面上已經出版很多相關的推測理論，它的歷史也僅模糊地為人所知。早在歐洲還是國王與皇后的時期，認為到處旅行的吉普賽人將塔羅牌帶進歐洲之前，塔羅牌的歷史是空白的。塔羅牌是否為一種從古代亞特蘭提斯文明所帶來的教誨系統呢？是那些從新大陸來的偉大老師們隨身帶著這些智慧種子，將它種植於新的紀元嗎？埃及偉大金字塔的原始大廳中排列著二十二張大阿爾克納圖象，是實現來自大洪水時代的傳統教學嗎？這些問題在現代只能以推測的方式回答，卻為塔羅牌增添了神秘色彩與吸引力。

　　由於許多藝術家的詮釋，過去幾個世紀以來創作出了各式各樣塔羅牌，每一個被古老系統所吸引的藝術家，都會以新型態繪製塔羅牌。由於許多圖畫是根據贊助者的特徵描繪，因此國王與皇后、神秘學者跟獨立的出版贊助商，都影響著新塔羅牌的創作。然而，在不同藝術家詮釋的塔羅牌，基本教義都被編入其

中。

　　會選寶瓶心靈塔羅牌來闡明本書，主要因為其情感及靈性的作用，加上跟現代的關聯。這副牌融合了古老的象徵主義、裝飾藝術的設計元素，並以中古藝術為背景框架。

　　塔羅牌包含了七十八張牌，可以分為兩個部分：大阿爾克納及小阿爾克納（arcana在拉丁文中代表奧秘）。大阿爾克納有二十二張牌，代表影響人類跟精神發展的宇宙力量；小阿爾克納有五十六張牌，描繪人類的狀態與處境；兩者合在一起時，表達了精神世界以及人類在地球的時間旅程之相互影響。

一、大阿爾克納

　　每張大阿爾克納均有名稱，從羅馬數字一編號至二十一，可以分成三組，每組七張牌又稱為Septenaries（七個一組），編號「0」的「愚者」則獨立其外。一至七號牌，顯示人類的內在本性、道德、需求與缺陷；八至十四號牌，表示環境帶給人類的力量；十五至二十一號牌，則代表宇宙對人類的影響；0號的愚者牌則引起許多爭議，它到底是大阿爾克納的開始還是結束。

　　其實愚者牌與所有大阿爾克納都有關，是開始也是結束，是alpha（希臘文第一個）也是omega（最後一個字母），是生手也是神秘大師。在塔羅牌的精神之旅當中，它將所有大阿爾克納連接在一起。

二、小阿爾克納

　　小阿爾克納包含五十六張牌並分成四種牌組：權杖、寶劍、聖杯跟錢幣，每種牌組有十四張牌，包括十張數字牌與四張宮廷牌，數字牌從從Ａ到十，代表我們在塵世遇到的觀念與情境；四張宮廷牌──侍者、騎士、王后跟國王──描繪人們的特徵、個性或現況。小阿爾克納的四個牌組，說明人世間的四個層次以及我們如何處理現實情況。

　　權杖牌組代表人世間的「精神」層次，以及靈性法則在日常生活的應用，也代表我們渴望追求更高靈性的發展與理解。藉由描述我們需要接受本能、繼續向上向外延伸以吸收太陽給予的生命能量，來教導我們關於自己與宇宙能量的關係。權杖牌包含的訊息意味著依循靈性法則指引我們的人生方向，將提供成功的事業、名聲、榮譽與讚美。

　　寶劍牌組代表人世間的「心智」層次以及我們的思考過程，描述我們如何處理靈性發展會遭遇的困難，以及許多讓人類軟弱並受限的不正確思維，很多牌面上的人物都垂頭喪氣、隱藏或閉著眼睛，證明他們不願意被人看到心智上的困惑與痛苦，或是看不清自己問題的無能。寶劍牌組所傳達的基本教誨是行動、敵意、衝突、仇恨與不幸，跟分析性思考、政治、福利、了解創造性思想進而採取行動造成改變等等相關。

　　聖杯牌組說明「情感」層次，以及我們對生活狀況的內在反應。它顯示我們作為一個內在的反應與信號系統，如何去接收與辨認人類的情感，並且教我們對彼此與環境要有良好的互動一

樣，提醒我們每個人心中都閃耀神性，人類的感覺天賦是親密溝通的源頭。同時，聖杯牌組也教我們需要花費時間與努力，去洗滌並擦亮人類這個容納靈魂的容器。

錢幣牌組意味著「物質」層次，以及我們對有形物質的關切。它描述著人類生存的無數條件、物質成就，並教導我們察覺日常經歷中跟人文發展相關的所有觀點。錢幣牌組牽涉到物理法則、可以測量的現象以及生活當中的具體事物，也象徵著以物質表現創新概念，以及生活中正確運用這些概念所得的回報。

雖然塔羅牌的大阿爾克納與小阿爾克納能個別用來占卜，但只有看見由部份組成的整體，才能得到最廣泛的了解。藉由使用完整的塔羅牌，占卜者可以透過小阿爾克納提供關於問卜者生活現狀的有用訊息，並透過大阿爾克納顯現的訊息描述宇宙能量對問卜者的影響。

三、將塔羅牌視為一種地圖

想要完整研究塔羅牌，最好又舒服的方式是先看完整的系統概述，以及主要畫分的類別，如同你計劃橫跨美國之旅時會先研究美國地圖，讓駕駛人先看到主要路線圖而不被細節所困惑。

接下來，一次研究一組牌，例如：宮廷牌，藉此熟悉塔羅牌的特定部分，持續地微調直到每張牌都被研究過，相當於在州地圖追蹤一條路線，然後從當地地圖決定最優的觀賞景點以及最好的停留地點。

當學生感到負荷過多或困惑時，要不就是回到整個系統的概述，或選擇研究單一牌卡，過一陣子後再回到當初停滯不前的地方，以清楚的頭腦及放鬆的身體重新開始。

在許多領域當中，時間、努力與專注研究已經讓學徒成為專精大師。正如在其他值得努力的領域當中，學生投入的時間越多，完成的潛力也越大。

四、個人牌義與被定義的牌義

有些塔羅牌老師會指導學生去看並回應牌卡，並且記下自己對每張卡片的解釋；另外一些老師則讓學生從每張牌卡的明確定義（也稱作占卜意義）著手，作為單一的解釋來源。在這兩種方法中間，還有許多將課本定義與指導者意思混合學生個人闡釋的方式。

僅使用個人詮釋會產生一個問題：學生的生活體驗、觀看人性的能力所帶來的限制。這些牌卡要能夠呈現人類行為的所有範圍，對潛在的有害情況提出警告。塔羅牌解讀者應該要有能力看見暴風雲進而警示下雨、打雷或閃電，並看見黑暗盡頭的光明。

另一個跟個人詮釋有關的問題為：沒有經驗的解讀者傾向於將個人問題、希望與恐懼投射在牌卡裡，例如解讀者正經歷感情關係問題，在解釋跟情緒、異性相關的牌卡時，可能會因此而被蒙蔽；假如解讀者遇到有關金錢、物質財富等未解決的衝突時，錢幣牌組會變成此類問題的載具而出現。這是一個需要小心學習的階段，傳統的牌卡意義能避免此種心靈投射，引導學生至較

廣闊的心靈詮釋方向。換句話說，如果只使用課本定義來解讀塔羅牌，文字將侷限得到的訊息，不允許牌以本身力量來告知問卜者。寶瓶心靈塔羅牌的解讀者則兩者均會使用。

五、占卜牌義

塔羅牌在老師跟作家之類的人當中有著多樣的占卜牌義。占卜牌義，如同上面提到的大阿爾克納與小阿爾克納，為普遍被接受的牌卡解釋。它們被當作教學的輔助並且有助於顯示每張牌卡可能的意義。這些定義可以被研究、被儲存在學生的長期記憶中，當學生藉由使用與冥思學到更多時，這些定義會被編輯而擴充。

六、象徵

塔羅牌使用的象徵符號為全球通用語言的一種表現形式，它殘存於一時的解釋與使用當中。這些象徵成形於人類的集體潛意識，並且有一部分成為不論種族文化背景的男、女和小孩夢中的字彙。舉例來說，太陽，總是象徵對地球的保護與養育，不僅提供溫暖與陽光，也是太陽系的中心。對於住在沙漠與住在北極圈的人來說，太陽象徵的解釋或許會有差異，但是太陽賦予生命的本質仍然完整無缺。在很長的時間裡，太陽的象徵裝飾著洞穴中的牆壁、廟宇、旗幟與勳章，像是對太陽作為宇宙能量的起源和賦予生命的光源而表達感激。

這些象徵遍及塔羅牌，也將觀看者連接至阿卡沙秘錄（akashic records）的想法和情感。阿卡沙秘錄就是非物質的編年

史，包括發生在創始過程的所有事件、想法與情緒。每個象徵都包含大量已顯示並儲藏在宇宙能量中的訊息。這些非物質文本，能夠藉由專注於某個特定的象徵而查詢得到，緊接著就可以接收到直覺的訊息。象徵當中的能量與訊息，可以用專注於無限這個符號為例子去理解（即大阿爾克納中魔術師頭上橫躺的8）。冥想此符號，記錄從中得到的直覺訊息就可以寫滿許多本筆記。

七、文字

　　每張牌卡的名稱正如它的圖像，都與特定占卜意義有關，而且擁有喚起個人內心圖像的象徵性力量。想想牌卡的名字，例如大阿爾克納的魔術師、戀人、隱者、惡魔和力量，或是小阿爾克納的國王、王后以及騎士，它們激發了你內心當中的什麼？當然，每個人的聯想都不同，但文字卻直接將我們連接至充滿力量的潛意識裡。

八、數字

　　數字也是塔羅牌不可或缺的一部分。不僅指出各牌組的牌卡排列順序，而且各有代表的訊息。每個數字都有隱藏的涵義與概念，1代表著「開始」，因此數字牌A代表這個牌組的開始。數字牌的占卜牌義有部分是根據靈數學。對靈數學領域的基本了解——研究數字對人類處境的影響——有益於認真學習塔羅牌的學生。（見P196附錄一）

　　對寶瓶心靈塔羅牌的讀者而言，數字暗示著問卜者人生的某種狀況。意識到牌陣當中牌卡上數字的關聯可以增加解讀的深

度。換句話說，讓牌卡所有面向都與你溝通——不論圖片、文字以及數字。

九、圖案與形狀

塔羅牌的圖案與形狀，特別是寶瓶心靈塔羅牌，是幾何圖形的豐富寶庫，能夠引起讀者創新的想像力，牌卡空白處可以當成螢幕來接收關於問卜者心靈訊息的影像。

心靈占卜者運用工具，例如以茶葉作為物質媒介帶出潛意識訊息，當茶葉在茶杯底部形成圖案，占卜者可以藉由排列的形狀與線條，看到顯現的事物。如同啟發的技巧，學生要專注於一個特定狀況或個人身上，同時眼睛盯著天空的雲層，觀察所收到的影像。另一種加深圖案敏感度的方式，為使用墨跡測試卡片，同時專注在一個朋友身上，記下對她／他的解釋。

十、個人能量與其卡片

你所使用的塔羅牌能夠藉由個人氣場而被賦予能量。不論何時使用牌卡，讓它們沉浸在你的氣場能量中，將感覺、思考與呼吸的模式紀錄至牌卡上。假如連結到你的高層意識能量，你的非物質引導、靈性之愛、智慧與力量，塔羅牌可以變成連結的一部分並象徵它。這就是為什麼要將新的塔羅牌放在枕頭底下睡覺，在睡覺時，更高層次的精神能量將流經你的身體進入塔羅牌中。

另一個將新牌放在枕頭下的理由，是要在你的氣場和新牌之間建立能量連結。當你沈睡時，氣場會以獨特的頻率為塔羅牌

設定模式，塔羅牌的內含訊息同時會被滲透至你的潛意識裡，提供對自己及生活更深的理解。塔羅牌是潛意識溝通系統的延伸，藉由刺激內在思考、感覺與影像跟你對話。精通塔羅牌會溫和地喚醒你本身的心靈能力，啟發你達到個人和心靈上更高層次的發展。它也教導你精神的更大目標，以及應用它來幫助其他需要幫助的人。

十一、牌陣

以特定模式混合排列塔羅牌作為占卜之用，稱為牌陣。將牌翻到正面，依據牌陣的排列方式，解讀牌卡之間的關係。每張牌擺放的位置被設定成對問卜者的不同影響，並提供事件與影響發生的時機。這些影響彼此相關，因此一張牌卡在過去位置的意義，將影響「未來」位置牌卡的解釋。

古老的「塞爾特十字牌陣」非常受歡迎，我們後面會仔細討論這個牌陣，它的占卜範圍寬闊，能夠直接回答問卜者的問題，牌陣中十張牌的每個位置都傳達了特殊意義，並涵蓋了對問卜者的廣泛影響：從一般的影響、對環境的作用到所研究事物的最終結果，它同時涵蓋內部與外部的影響，並透視過去、現在以及未來。

當一張牌卡在牌陣中呈現逆位，將會改變牌卡的意義，某些牌卡呈現逆位時會有相反的解釋，某些牌卡沒那麼激烈，少數牌卡的解釋是完全沒有改變的。牌卡的解讀不只依據是否逆位，也依據周圍的卡片。

假如一張牌片的逆位意義跟正位完全相反，然而環繞其四周的卡片皆支持正位的意思，它的意思就可能在正逆位之間。舉例來說，假如「聖杯二」為逆位，而且被許多代表愛與快樂的卡片包圍著，就不能解釋成虛偽的愛情和分離，而是警告在一段愛情關係開始時，需要更多友誼與合作。由潛意識所儲存的占卜解釋支持心靈感受，寶瓶心靈塔羅牌的解讀者將能夠感應牌陣告知的故事，進而直覺地知道如何解釋牌卡的涵義。

十二、互為焦點

在解讀寶瓶心靈塔羅牌時，它變成了一種互為焦點的狀況。當解讀者與問卜者談論有關問卜者靈魂以及生活狀態的個人事件時，兩人都有某些東西要注意。將牌卡當作緩衝器，問卜者更能接收訊息，如同卡片負責顯現訊息，寶瓶心靈塔羅牌的解讀者僅是一位口譯者。

十三、結論

心靈發展技巧與塔羅牌解讀的研究與練習相結合，連接著兩個彼此支援激勵的系統。正如從哲學到原子能的所有系統，由我們來選擇如何使用。寶瓶心靈塔羅牌解讀可以用最高能力做好工作並帶來歡樂，或者也可以誤用或是故意地濫用。例如：當魔術師呈逆位時，涵意就變成沒有價值的，而且代表誤用與濫用權力，因為逃避真相並為了個人利益而使用權力，往往讓他人付出代價。

你的心靈本質、心智跟塔羅牌的互動將決定你所會經歷的學習品質，你跟他人的互動也會決定如何使用所學，但是它將成為你的良善意圖，清晰且創新的思考以及積極行動，會讓你的學習變成是一個溫暖人心、具有啟發性並且在靈性上有所回報的旅程。

第二章
培養心靈能力

心靈能力是人類本能，普遍來說就是指我們的直覺，即人類直覺的創新運用，這個創造性天資可以經由學習與練習來栽培琢磨。

心靈能力是人類本能，普遍來說就是指我們的直覺。這個創造性天資可以經由學習與練習來栽培琢磨。如果你把心靈能力視為與其他天賦一樣，就不會感覺自己與它是疏離的，或相信它是僅有少數被揀選祝福的個體才能擁有的特別「能力」。

許多科學突破與發明都是創新、直覺與靈光一閃所得來的結果。科學家廣泛地研究、試驗夢境裡的事物，發現對科學問題的解決方式，例如，現代化的縫紉機就是發明者記起夢境裡，有個土著拿著上面有一顆眼睛的矛追他，當發明家將夢裡所學以創意方式應用，即線是從針的頂點穿過而非經由後面，因此發明了縫紉機。

心靈能力，簡單來說，就是人類直覺的創新運用。它輕輕喚起潛意識，讓其成為更清楚了解與更高知識的管道。以心靈方式工作意指著，當你處在一種具接收能力的狀態下，允許訊息在你面前展現，而非有意識的去做或是自行建構意念。你打開自己的直覺系統，切換到特定情境，然後有意識地了解直覺所提供的訊息。

現代將「心靈者」解釋成一個明顯感應到非物質或超自然力量與影響的人，他們的特色是具有異常和不可思議的感應力、察覺力與理解力。如果你刪除「明顯」、「異常」與「不可思議」，剩下的就是人類對能量的感應、察覺與理解。這些特質可以在你或任何一個願意嘗試的人身上被喚醒與發展。

有一些人會比其他人擁有更多能力去發展心靈能力，就像它是另一種具創造力的天分。不應該因為個人沒有異於常人的音樂

天分，就阻止他們學習如何玩樂器、或將其當成賺取生活費的娛樂，它僅意味著成就現實生活目標必須努力用心跟練習。

在心靈覺醒的課程中，幾乎所有學生第一次解讀物體時，都對自己天生的心靈能力大表驚訝。他們拿著被封印的信封，裡面裝著其他學生所給的物體，發現自己能夠切換到物體擁有者的特性與生活事件（參照P54觸物占卜）。他們回家時會了解到心靈能力是一種可以利用、與生俱來的人類能力。

專業的心靈解讀者以「通靈」來描述他們的工作，接收外在（非物質性的）消息，透過傳遞此種能量與訊息來幫助他人。這個過程與立體音響的系統相似，接收器接收經由空氣傳播的訊號，然後將能量訊號轉換回復成廣播電臺中的聲音。

雖然專家使用各種技巧讓自己變得更能接收，即培養自己的心靈直覺，以不同方式詮釋訊息來源，而且通常認為接收了外在的源頭；一些人宣稱與由靈界帶回訊息的精靈合作，其他人則尋找精神導師、守護天使或其他更高源頭的幫助；還有其他專業心靈解讀者，以客戶或解讀者的部分潛意識或超意識來描述外在源頭。

所有心智內外的訊息，都是為了讓你能夠發覺和解釋。當你研究心靈世界，將了解存在許多超越物質世界可以理解的事。你會體驗自己對非物質現象的察覺，並找到適合個人表達的術語。

如果你擁有堅強的科學背景，或許可以從能源觀點研究非物質現象，並將觸角伸到那裡更偉大的意識；如果你的背景是心理

學，最初採取的方法也許是從個人意識開始，然後推廣至能量與精神意識的領域；而假如你擁有厚實的宗教基礎，則可以經由進行靈性研究，來觸及非物質領域。了解以下這點是非常重要的：要相信什麼、如何實踐信仰，完全由你自己決定。其他人，包括老師跟作家，可以分享他們的發現與結論，但最終你才是那個必須決定什麼要丟棄，什麼又該保有的人。心靈覺醒可以說是個人開展和發現的系統。

一、了解我們的三位一體意識

意識是一種覺醒狀態的能量：具有領悟、察覺和知識的特性。意識也是一種有聚合力的能量，因為它藉由自我認同感和不斷想覺醒進化的目的將自己融為一體。它擁有指揮自身去學習新領域的能力，能夠分辨、評量以及保留訊息。透過欲望與意志力，它可以指揮行動方向並延伸自覺。

人類意識可以分成三部分：潛意識、意識、超意識，也可以命名為身、心、靈或物質我、心智我、高我。這三部分的整合與和諧表示個人的健康和平衡。實際發展的許多歡笑和興奮來自於接觸、接受個人的內在天性，然後成長為完整的人。再者，這三位一體意識的歡樂結合跟和諧作用，是高水準的心靈塔羅牌解讀者的特色。

潛意識

潛意識是維持身體自動系統的心智之一部分，就如同呼吸、心跳與生物化學。這個心智領域學著在複雜情況下控制並指揮身

體。當第一次學開車時，你會安排自己的潛意識去操作控制，同時有意識地完成那些事情；過一陣子之後，當你在開車找到某個特定地址時，你的意識可以同時注意風景，解決商務問題，決定其他駕駛步驟，同時你的身體可以讓腳按著踏板、換檔以及轉動方向盤。

「身體意識」同時藉由五種感官接收訊息，轉換後傳送至意識裡；潛意識的另一個功能是儲存與互相參照記憶；身體經由情感與直覺印記的能源訊號系統與心靈溝通，就是最後這個功能，以及用五種感官以外的方式探就世界的能力，讓潛意識被貼上「心靈自我」的標籤。

意識

意識是會思考的部分，它處理你所閱讀的文字並以邏輯去衡量接收的訊息。在一般會話中，一個人描述「自我」時會參照意識，雖然意識跟潛意識同樣都是心智的一部分。為了闡明此，心理學課本使用冰山當作範例來說明意識／潛意識的連續：水面上的冰山是意識的部分，而絕大部分隱藏在水面下的是潛意識。

意識跟潛意識一起作用，例如在閱讀書籍的行為中，兩者一起處理與評量作者的理念與結論，身體收集書上所印的符號，轉換成耳朵內部聽到的文字，當意識傾聽此文字時，它思考著將被呈現的概念。在這個過程中，訊息不斷地通過潛意識與之前所儲存的訊息連接。這種內部作業感覺就像是在太陽神經叢與頭部之間的能量流，同時符合邏輯與感覺的訊息則在學習中被接收。當一個人的意識越開放，嶄新而讓人興奮的洞察機會就越多，許多

事物也會了解更深。

超意識

　　超意識或「精神自我」是那些能觸及意識極限以外的智慧之巨大貯存所。此智慧在超意識裡包含了某人無數次輪迴【注1】所收集經驗的累積與整合。這部分的心智也稱為「高我」，因為它被認為是永遠存在更高層實相中的人類意識部分。

寶瓶心靈塔羅牌解讀

　　在寶瓶心靈塔羅牌的解讀中，潛意識或之前提到的「心靈自我」，負責感應，並將能量形式轉換成心靈訊息，直接連結到超意識與靈性指引。意識負責以邏輯與專業方式呈現訊息，並傳送療癒能量。

　　最有幫助的類比是將意識比喻成一口井；潛意識是井中的水；超意識或高我就像龐大的地下水位會源源不絕地補充井水。假如有渾濁的水或是心理障礙在解讀者的潛意識裡，則接收的心靈訊息在質與量將不可靠也不清楚。自我反省與療癒對解讀者來說非常重要，因為有效的塔羅牌解讀要依賴對此系統的開放與清晰思考。

【注1】輪迴指精神意識聚集於特定區域，重複再世降生為肉體。投身於人類生命過程的部分，有時候被稱為「靈魂」，此過程的目的是結合意識跟潛意識。保留在最後並永遠存於現實更高層實相的就是「高我」。

二、能量與人類氣場

培養心靈能力指的是增加你對非物質力量的敏感度，不僅更加注意精神力量、思考與情感，也注意精微能量的振動。

所有生命均由能量組成。星星、恆星及所有組成宇宙的事物，實際上是不同型式與狀態的能量。物質三態──固體，液體與氣體──由極微小的顆粒，原子所組成。在西元一八〇三到一八〇八年之間，英國化學家約翰道爾頓（John Dalton）復興了古希臘信仰（ca 500BC），即原子是所有物質的基本組成單位。

原子的內部構造都一樣，由更小的中子、質子與電子所組成。鉛原子與氧原子唯一的不同在於能量的次原子微粒數量。在一九〇〇年代早期，科學家發現所有能量形式包括次原子微粒，能夠被分為更小的量子單位。量子就是一束或一包可以微粒或波浪方式作用的能量。

愛因斯坦以其著名方程式解釋能量與物質的關係：$E = mc^2$，就是能量等於質量乘以光速平方。這個方程式似乎在說物質是增密的能量。

能量以很多方式顯現，熱能、光能與電能都是能量的形式。電磁波頻譜（編注：指所有波長的電磁波）常被用來說明能量具連續性，藉由測量能量的頻率與波長。在無線電波、可見光與伽瑪射線之間唯一的不同是能量波的長度，以及頻率如何產生。

當然，無線電波的波長最長、頻率最低，用來廣播的波長有

數米長，頻率從５５０至１６００赫茲，收音機上的刻度代表每秒上千周波。無線電波每秒周波大於一百六十萬，波長較短的則稱為短波。

可見光和較短波長的能量相同（大約百萬分之一公尺長），但頻率較高。伽瑪射線長度為一百億分之一公尺，頻率則高於每秒一千兆萬個周波。

人體由原子結合成的化學元素所組成。原子，換句話說，就是能量的顆粒結構。人體的能量領域稱為人類氣場，為身體較低密度形態的延續。氣場能量擁有較高的振動頻率，同時存在於物質身體之外。依照能量頻率由低而高，能量層級一般被分為：乙太體、星靈體、心智體與精神體。一些學說系統以其他層級描述，或使用不同名稱，但概念是相似的。

乙太體

瀰漫並緊密環繞著物質軀體的能量體稱為乙太體。它依照物質軀體的外形，在軀體外圍以一或二英吋漸漸增強發光的黃色光線的樣子出現。

乙太體也稱作健康身體，包括物質軀體調和與安康狀態的能量藍圖。神秘學對於疾病的敘述，混合著生理／心理上不適或不安的概念，造成氣場領域被擾亂的結果。從解讀健康的角度來看，此能量是用來研究能量流阻塞的標誌。不正常的乙太能量在身體顯現任何問題前，能夠在精神上預先被察覺出來。

星靈體

　　星靈體為色彩繽紛的圓形能量，延伸於乙太體外緣約一或二英呎。星靈體，也稱為情緒體，是將感覺以能量形式紀錄並展示的氣場區域。此能量就像霓虹燈一樣，處於不斷地變化的狀態，因為它表達一個人無時無刻的情緒變化。

心智體

　　星靈體外圍就是心智體，被我們思考影響的能量區域。心智運作的過程被銘刻並儲存於此能源帶。假如心智體因負面思考而痛苦時，在心靈解讀中可以因思考模式被轉變成較為正面的形式而被療癒。

精神體

　　最後一個在人類氣場裡的能量被稱作精神體。離軀體越遠的能量，振動頻率越高而且顏色更柔和。因為遠離軀體，加上當中的意識，精神體最容易受外界能量影響，有一種常用來作為心靈保護的技巧，就是想像一個白色光罩在氣場邊緣最遠處保護著外殼，這部分的精神體是與外界的接合介面，也是最脆弱的一部分。

三、脈輪，身體的心靈能量中心

　　在這些能量體中，有一些將其結合並允許能量流通的能量漩渦中心，這些能量中心就叫做脈輪（Chakras），梵文裡指輪子，

或在瑜伽裡為蓮花的意思。在心靈作用中，脈輪主要的功能是將能量轉換成訊息。

　　總共有七個主要的心靈能量中心，或脈輪，位於脊椎柱。每一個脈輪均與內分泌腺有關，並根據其在身體裡的位置作為標記。由脊椎底部往上依序稱為：1 海底輪；2 臍輪；3 太陽神經叢；4 心輪；5 喉輪；6 第三眼以及 7 頂輪。這些沿著身體軀幹的點，也是氣場連接與交會脊椎柱的地方。

1.海底輪

　　海底輪最物質性並被稱為「性中心」。如果解讀者在詮釋時專注此脈輪，跟問卜者身體有關的心靈印記可能會升上脊柱並被展現出來。產生的訊息，有時候會包括對車子、房子、人和其他問卜者生活中物質狀態的詳細描述。

　　在許多秘教訓練課程中，能量被導入此脈輪並改變方向至頭頂，帶來精神上的開悟。在瑜珈教學課程中，此過程被稱為「上升的亢達里尼」。個人的修行也與性／身體能量的轉化為精神能量有關。蛇杖，是醫療的專業象徵，描繪這個秘傳的精神開悟過程。兩條蛇經由脈輪蜿蜒而下，接觸底部跟脊椎中心，傳達轉換成頂端有翅膀的球體能量。球體代表頂輪，而翅膀生動地表達轉換到精神層面的能量。

人類氣場與七大脈輪圖

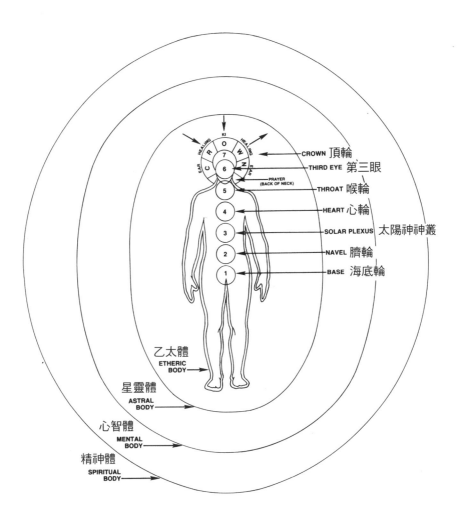

2.臍輪

臍輪為感官能量中心，在某些武術學校中被認為是「氣」的儲存所。源自地球與人體氣場中的能量從脊椎根部慢慢升起，此能量聚集堆積在臍輪，然後經由手或身體其他部位釋放，回歸地球。

3.太陽神經叢

太陽神經叢，從底部算來的第三個能量中心，被稱為「心靈中心」。「真實」情感，即飄進意識裡的心靈影像，與內心的聲音，是源自於或至少會通過這個脈輪。它有時用來當作潛意識的聚焦點。

太陽神經叢能感覺生活狀態與內心的劇烈能量反應。它對被緊張、顫抖威脅，或被其他事件刺激的那些看得見與看不見的狀態做出反應。未解決的內心衝突在這裡留下一種打結的感覺，而平靜的心理狀態會留下溫暖發熱的真實感覺。快樂和興奮創造出向上活動的能源感覺，這是一種來自心靈自我「是」的訊號。如同以胃中的蝴蝶（butterflies in the stomach）來形容期待的心情一樣。心靈真實對「不」的反應，以及強烈的憤怒反應，均以緊張與沮喪的感覺在此區域被紀錄下來。

4.心輪

心輪是感應特定情感頻率的能量中心，如同音叉對音階的某個特定音符產生共鳴震動。更深層來說，心輪是每個人心中都具

有的神性光芒之精神殿堂，有時候稱作「基督意識」，或「我是（"I AM"）」，或是「精神自我」。

心輪位於海底輪與頂輪的中間位置，是七個脈輪中的第四個。因為較低的三個脈輪屬於身體（潛意識）的範圍，較高的三個屬於思考（意識）的範圍，心輪則是這兩者的中介。當你的心智進入這個地方，會達到一種稱為「回歸中心」的平靜狀態。

5.喉輪

喉輪是「溝通中心」。當人們透過話語表達思考，此振動被轉換成聲波傳送包括感情與言語的所有訊息。甚至潛意識的思考模式也經由喉輪傳送，有時候就像無意中「說溜嘴」的尷尬狀況。

當人們有意識地說謊或否認真實感覺時，他們的喉輪會被影響，喉嚨會感覺緊繃、乾乾的，或者好像有某個力量想試著打破障礙發出聲音。在一些案例中，流經內臟與心臟的強烈能量使人流淚。大多數人可以感覺到他人真正的感覺，即使對方說了反話或根本沒說。

解讀寶瓶心靈塔羅牌時，說出口和未說的期望與精神指引的感覺，應該要能自由地從解讀者的喉輪流出。較高的靈感有時顯現為具有說服力的自發類比。

6.第三眼

第六個脈輪叫做第三眼，這個脈輪包括了額頭、眼睛、鼻子及太陽穴在它的能量漩渦當中。它以鼻樑上的小圓圈為象徵，代表此脈輪的中心。這個區域是視覺感應與思考腦波的投射中心，常常被認為是第六感的中心點。當塔羅牌解讀者閉上眼睛，然後放鬆進入此脈輪時，他們會看到如同內心影像的心靈訊息。在塔羅牌裡，許多角色都擁有此部分身體的象徵符號，吸引解讀者注意此脈輪，並注意問卜者生活狀態脈絡的象徵意涵。

7.頂輪

第七個脈輪是頂輪，為所有脈輪中振動頻率最高的中心，這是一個精神能量與身體相互作用的地方。頂輪可以分為五個作用區，透過此活躍的氣場區域，來幫助心智指揮特定能量。

頂輪的頂端，是一個讓能量從更高氣場流入脊柱的管道。當此能量（有時被稱為「氣」）被吸進體內時，它提升了所有脈輪的振動頻率。可以藉由觀想創造一個遍及氣場的和諧能量流，同時引導陳舊、未使用的能量（緊張）經由腳部離開進入大地。這個「補給能量過程」增加了脈輪在塔羅牌解讀時將能量轉換成心靈訊息的效率。

頂輪側面吸引療癒的能量至脊柱，而**另一面**（之後會提到的「氣體排出口」）完全釋放氣場所不要的能量。使用頂輪這兩個區域，對於寶瓶心靈塔羅牌的解讀者會特別有用，不用吸收問卜者的問題（不想要的或負面能量），在當下發生的是，解讀者

接收它們並允許它們流出脈輪的這個區域。

耳朵附近的區域用於天耳通，或清晰的聽覺。一隻耳朵可能聆聽非物質性的振動，而另一隻耳朵則傾聽物質層面的聲波。有個簡單找出身體以哪隻耳朵為物質導向的方法，注意在冗長的電話對談中主要使用哪隻耳朵傾聽。當換成感應非物質性的耳朵去聽電話，好讓另一隻疲累的耳朵休息時，觀察如何經由潛意識動作，無可避免地回到物質導向的耳朵那邊。

後頸部也是另一個通過頂輪的管道。當下巴垂靠在胸前休息時，就像祈禱者的姿勢一樣，在骨頭基部的脊椎會變成天線頂端，精神能量有時會直接流至脊椎、心輪，再到較低層的脈輪，不會經過時而混亂的心智過程。經過此入口的能量唯一頻率就是高我（超意識）的精神能量以及愛情、智慧與最高意識的力量。當有人透過祈禱要求精神上的指引時，以上的能量將連接起來。

脈輪與塔羅牌

脈輪的知識可以運用在塔羅牌的圖象中。注意裝飾物的位置，如權杖國王中第三眼位置的珠寶，強調精神洞見是他權力與力量的一部分；相反地，惡魔牌裡第三眼位置上顛倒的五芒星，意味著脈輪精神功能上的墮落；在錢幣四的圖中，象徵著物質生活的錢幣，似乎阻礙了年輕人的心輪與頂輪；而在聖杯九當中，掛在胖男人喉輪上的珠寶，可能警告其放縱的飲食將導致危險。當你為某個特定問卜者解讀塔羅牌時，注意脈輪在一些塔羅牌中的啟示，並相信它帶給你的訊息。

四、用冥想清澈心智

在心靈發展上為了得取更好的結果，冥想是能夠有效幫助你清澈心智的方法。冥想從放鬆開始，意識到內在思考、影像以及自然地流經你心智的感覺。當你注意到時，大多會經歷一種困惑的吱吱聲、不清楚的影像與旋轉能量的感應，這些全都混合在一起並高速移動。想法不斷地流經心智。整個白天你感受成千上萬的內心影像與能量感應；到了晚上，你以夢的型態經歷這些內心訊息。

你需要將緊張狀態從身心中移除，好讓這些印象在你清醒與有知覺時流經心靈，基本上，就是訓練自己在醒著的時候作夢。覺察此內在過程，以及減少緊張所帶來的能量干擾，這兩者的結合會讓你對自身內在訊息系統有更深入的了解。這非常重要，因為當你使用塔羅牌時，將會把這些圖片、文字與感覺，轉換成心靈訊息。但是，你必須區別個人訊息，與透過此系統所顯現的有效心靈印記，這兩者的不同。換句話來說，就是在下一堂課之前，必須將黑板擦乾淨一樣。

冥想技巧： 在椅子上舒服地坐著，持續幾分鐘，慢慢地深呼吸。當身體持續這種自然有節奏的呼吸後，開始專注於經過你心智的圖片、文字與感覺。再過幾分鐘，認出它們所包含的訊息之後就讓這些圖片與思維逃開，然後不再注意，就讓它們離開。以彷彿它們不重要的方式對待並忽略。不要分析、爭執或因此變得興奮而將它們保留在腦內，就把它們放下。約五分鐘後，開始下面描述的第二階段。不論何時，當出現干擾的思緒與影像時，回到第一階段。

　　冥想的第二階段，牽涉到將心智集中在一個重覆的象徵。選一個簡單的字，如「愛」，或祈禱文，如「OM」（發音`OM），當作心中焦點。試著想像你所選擇的字變成粗體，並且由星空的背景中對比出來，就像那些電影中出現的標題。當你吸氣時，清楚地在緊閉的雙眼中看到此影像。每次你輕輕吐氣時，觀想這些文字投射至空中，同時聽到聲音在你體內共鳴（如oooooommmm或任何你所選的字）。當字母越來越小，聲音變的越溫和，直到你再次被留在一個乾淨的空間。每次呼吸時，重複此動作，讓自己漸漸陷入一個寧靜的冥想狀態。

　　定期練習此技巧——每天二十分鐘，每週幾次，將會讓你的心智從每天關注的事物釋放出來，每次只讓一個思緒或焦點佔據思緒，直到它打開更高的振動。透過有意識的感覺去成就特定目標，例如：了解更多有關特定事物，或發展自身更大的心靈能力覺察，你可以指揮冥想，而非讓它成為一個開放的經歷。

五、心靈解讀的準備

　　下列幾頁是提供來幫助學生發展三種技巧，放鬆與加強心靈覺察力，增加氣場能量的流動與振動頻率，進而連接保護與指引的更高源頭。剛開始，可以像十到二十分鐘的運動一樣練習。當學生因整個過程而變得舒適時，整個系列可以濃縮為幾分鐘內就能作出來的單一動作。

　　放鬆與加強心靈覺察：放鬆就是指鬆開，較不緊繃的意思。它牽涉身體中肌肉纖維的輕鬆與伸展，伴隨著心智意識的出離與擴展。當使用深層的放鬆技巧——不論是何種技巧——此人

正傳送訊息跟軀體說「我將在一個舒適安全、不需要使用肌肉的地方，度過接下來的時間」。當肌肉放鬆時，此人的心智意識正在擴展，從腳指到頭流至全身來填滿空間。神經的緊張與焦慮被釋放，透過生理與心理的平衡，增進心靈接收。

放鬆技巧：讓你的頭和身體完全地被支撐、舒服地坐在椅子上、躺在沙發或床上，或地板上運動用的墊子。深深地慢慢地經由鼻孔吸氣，憋住呼吸幾秒鐘，再從嘴巴吐氣，有節奏地重複這樣的深呼吸，想像白天的緊張從嘴巴每次吐氣中逸散。

吸氣，憋住呼吸，就像繃緊身上的每塊肌肉，感受肌肉的擠壓，然後吐氣，並讓肌肉完全放鬆，如此一來你的身體會感覺鬆弛並軟綿綿地，就像是填充的布偶。

回到有節奏的深呼吸，想像溫暖、緩和的能量包圍你的腳，如同它們正浸在溫暖的鹽水中。感受肌肉的放鬆和伸展，神經傳導著平緩與放鬆的訊號至每個肌肉纖維。感受血液慢慢從腳上平順溫和地往上流動，將這個溫暖能量帶至全身。

當此份溫暖從你的腳往上移動到軀幹、肩膀再往下到手臂，回憶你所曾到過最平靜的地方。假如你喜歡，製造一個有著美麗景色的特別夢境———一個你可以控制事件，沒有牽掛、麻煩的幻想之地。在此景色中，一定要包含你的五種感官與所有思考／感覺系統。當能量上升至你的頸部與頭部時，讓此寧靜與祥和感覺完全圍繞著、支撐著你。

吸氣，想像一道金色的白光由你的頭頂上照耀下來。讓這種

平靜的光明能量注入頭頂中央，即頂輪，彷彿你氣場中的精神能量被置於溫和的瀑布當中。讓它慢慢流經你的身體，將光與愛帶進你全部的生命。

當你吐氣時，讓這種清新的能量，將所有留下的緊張，經由你的手和腳推出去至椅子或床上。觀想深色能量代表這份緊張，看著它從你的身體，經過地板，流入大地。

靜靜地要求你的身體釋放緊張，享受清新的「氣」感流經你的身體與氣場。感受你乙太體的金色光輝，星靈體溫和旋轉的顏色。觀想自己在直徑十二呎光芒四射的球體內部，在氣場所形成的保護泡泡中，體驗全部放鬆的感覺，感受寧靜與祥和。延伸你的心智能量，直到它完全填滿氣場，想像自己是一個光芒四射的意識球體【注2】。

結束此放鬆狀態，深呼吸一口氣，並輕輕說「我現在很平靜放鬆」，同時在頭部、心輪與太陽神經叢紀錄並感謝此狀態。重複此思緒／感覺兩次以上，當成另外一次回到深度放鬆狀態的觸發機制。儘可能常常練習此課程，每次使用觸發機制來加強它。身體可以學會改變能量方向，就像學習其他功能一樣，例如在腳踏車上平衡或操作汽車。隨著練習，最後身體會給予立即回

【注2】「將此種影像的作用，當成一個較短暫、獨立的練習，想像你的心智像是額頭內的小型發光能量球，指揮它進入你頭部中心，並擴展至直徑四英吋。持續將球體擴展，直到介於直徑十二至十六英吋，且延伸到你頭蓋骨範圍之外。你將會感覺到溫暖鮮豔的光環包圍你的頭，伴隨逐漸增加的心靈覺察。最後引導此能源球體，往下沿著脊椎，直到它位於心輪的中心點，然後逐漸擴展，達到約直徑十二英呎。」

應，無需經歷之前冗長的放鬆過程，不論何時只要以「我很平靜放鬆」做為訊號。當你每次解讀寶瓶心靈塔羅牌之前，靜靜地重複此句子三次，同時深呼吸三次，就可以了解這個放鬆運動的好處。

增加能量的流動與振動頻率：隨著上述的放鬆練習，開始打開脈輪，讓能量循環流動貫穿全身氣場。觀想能量流進頭部頂端，像是溢出來一樣，然後輕輕地注入頭部四周。讓它在頭部四周完全地形成一個黃色能量的光環。激發此影像將會讓你打開並提供能量給頂輪。

在這個頂輪的光環裡，用心智製造一個特別管道──排氣口，釋放氣場中不要的能量。這個特別管道能夠處理自我療癒中釋放的濃厚能量模式，也能幫助防止保留和吸收到問卜者相關問題之能量。一個簡單釋放的觀想方式，想像一根管子擴展穿過頂輪的兩端。一旦建立了較舒適的一邊作為你的排氣出口，運用吐氣之力，經由排氣口將氣場中不要的能量送到外面。想像將此氣射向太陽，在那裡被轉換成金色能量後，如同閃爍的療癒能量落回地球。

打開頂輪後，以開啟與活化每個脈輪為目的，將心智專注在其餘六個脈輪上。想像每一個脈輪都是三英吋的能量球，當直徑擴展至五到六英吋時，會變得更加活躍。當你專注於脊椎部分時，可以觀想一組門在脊椎背部向內打開，或感應到跟每個脈輪

【注3】從海底輪到頂輪，所使用的色系分別是：紅色、橘色、黃色、綠色、藍色、紫羅蘭色和金色。

有關的顏色【注3】正明亮地閃爍著。

以不同的技巧試驗，直到發現覺得舒適的系統。你可以使用影像、顏色、聲音、感覺或文字。最重要的觀念在於指引心靈到想要打開的脈輪中，它將因此有所反應。

當你將心智能量正確連接至每個脈輪，密切注意每個體悟到的感覺，因為你正在研究自己的身體／心靈訊號系統。當你打開每個能量中心，透過在頂輪所創造的排氣口，將不要的能量從脊椎向上至排氣口釋放，藉此療癒能量中心。

連接至更高源頭：運用放鬆練習來擴展心靈能量，直到它填滿頂輪。將此擴展的能源光球，向下帶至太陽神經叢，感受本性中被更高源頭保護與指引的欲望。將此欲望透過脊椎向上投射，進而穿過第三眼，彷彿你以集中的光束傳送一個心靈感應訊息。然後，以祈禱者的姿勢，盡可能地保持專注在太陽神經叢，同時想像一個來自高我的金色光束向下對你閃爍著。試著感受皮膚上的溫暖，當它從你後頸進入體內，向下流經脊柱，然後遍及整個氣場。當你真的感受到溫暖、廣闊或其他正面訊號時，代表你已經結合成功了。你也可能體驗其他與結合有關的感覺，例如身體裡的熱度或振動（如手），頭昏眼花或是脈輪中的輕微脈動。

如果你想要變成一個心靈管道，就必須投射到本身氣場之外。假如你沒有精神信仰系統，則應該專注於愛、智慧與積極正面力量所可能的最高形式。如果把靈性連結的欲望與個人的宗教信仰結合，你將從更高的路徑啟發。寶瓶心靈塔羅牌有一個非常

實際的系統（當你連結高我之後），就是去召喚個人的精神指引【注4】或守護天使。

當你漸漸地打開非物質的實相，將感受到有關自己能力的全新興奮，以及與其他人分享發現的極度喜悅。這就開始了進入靈性覺知旅程的另外一步。

六、此路徑要避免的一般問題

在通往更大的心靈覺醒路徑中，一些偶爾會發展出的問題為恐懼反應、語義或技巧的內在衝突、自我誇大、以及「海綿吸收」症候群。這四個問題通常因學生／解讀者缺乏了解而造成。基本的解決方法，就像其他會遇到的問題一樣，多學習有關練習的主題，以及「了解自我」。重要的是在發展中讓你的頭腦對新的訊息保持開放，然而又維持情緒平衡以及清晰思緒。勤奮地學習、結合耐心、誠實地反省自我、以及不斷地自我療癒，是身心平衡學生的特色。

恐懼反應

恐懼反應往往來自於經歷某件先前沒有經歷過的事，或沒有心理準備下接觸某個領域的結果。例如，有時候當學生們第一次看到氣場，或其他像靈視一樣的感應時會感到害怕。

【注4】個人精神導引或守護天使，代表著奉獻給幫助人類靈性發展、與減輕人類在地球上受苦的意識狀態。

內在衝突

內在衝突指的是，不知道某一個特定觀念或技巧是否正確，這通常能藉由內在協調解決。假如新的觀念與先入為主的觀念產生衝突，或是不同的意見困惑著你，記住條條大路通羅馬，只要讓一種以上的方式成為可能。每個宗教、哲學或心靈發展系統的提倡者，都會擁有獨特的字彙與方式，他們都具有基本真相的核心，可以在所有較高層次的學習系統當中行得通。與其爭論不同點，倒不如建立所發現真相的相似點。

自我誇大

自我誇大源於人們無法以適當觀點看到自己的心靈能力。要記住來自心靈解讀所偶爾知覺到的訊息只是一個管道，這樣想可以讓自我中心的期間減少。而且最終都是個案療癒了自己。

「海綿吸收」症候群

許多解讀者，在占卜結束許久以後宣稱他們親自感應到問卜者的麻煩和痛苦。他們因為吸收他人問題而稱自己為「海綿」，所以必需找一個較不會被影響的方式。負面能量的吸收，通常是解讀者開放自己面對問卜者能量的結果，而非將自己當成傳送能量的療癒者。假如解讀者將氣場開放給來自較高源頭的療癒能量，同時維持其在頂輪的排氣口，如此一來，個人的吸收就會減少。當解讀者適當地通過來自較高源頭的療癒能量時，兩者均會從解讀中安然脫身，且感覺清新，恢復精神。

七、自我療癒的技巧

在運用放鬆、激勵能量、連結的技巧，來準備心靈導向的工作之後，把雙手放在一起輕輕互相摩擦。觀想一條能量流進位於排氣口另一邊的頂輪，向下流至手臂與手掌。創造出一個專注的療癒能量感覺，流經你的手，將你的手放在一個接一個的脈輪之上。

你可以感覺到溫暖、有力的能量經過手遍及全身，同時感覺到凝重的能量流經，由排氣口離開氣場。想像綠色的能量從氣場底部升起，將你沐浴在來自大自然愛的能量之綠色療癒能量波中。讓直覺指引你通過體驗，將你帶至更清晰的心理與生理狀態中。

第三章
心靈的接收

心靈的接收是一種運用直覺獲得
並且知悉訊息的行為。本章從聽
得更清楚、看得更清楚、運用其
它感官知覺與其他方法,來練習
各種心靈解讀法。

心靈的接收是一種運用直覺獲得並且知悉訊息的行為。正確敘述一個人或一個情況的訊息，會以心理印記、圖象、觀念或感覺的形式主動地到達心智的意識層面。它不是藉由物質性的觀察、計算或邏輯推論而獲得，但這並不代表它不合邏輯或無法藉由觀察或計算去達到。因為這些概念就像是一種啟示經驗突然地閃入意識裡，所以才會那麼特別。

接收心靈訊號的真正過程，可以看作是一個人在開放心胸的狀態下得到啟示訊息。心靈能量／訊息的途徑是從高我，經過身體意識，再到有意識的心智。身體會轉化能量並且將訊息以一種熟悉的概念傳送至心智。只有極少數的人會對接收的訊息或觀念感到完全陌生或無法相信，絕大多數的例子中，接收的訊息早已轉化成我們熟悉的辭彙或是可以辨識的象徵。練習心靈接收初期階段的人，也許對於理解潛意識如何將概念傳遞至意識的方式感到困難，不過當他們有所進展，以一種清楚的模式接收大多數的心靈印記時，就可以輕易地認出並表達它們。

在解讀寶瓶心靈塔羅牌時，藉由心靈接收所獲得的洞見也許會和問卜者被觀察到的習性、談吐、身體語言以及其他感官的知覺混和在一起。然而，對於心靈解讀者而言，能夠分辨內在與外在經驗之間的差別很重要，必須學習不用太依靠有意識的觀察就可以表達心靈資訊。問卜者有時會有意無意地扮演某種「角色」，解讀者必須要注意到這一點。

心靈資訊可以藉由任何一種類似於五種感官的知覺形式接收。解讀者也許會在接收心靈資訊的過程中看到某些景象，聽到某些想法，以及觸覺、味覺或嗅覺。當心靈印記用一種不明確的

方式接收時，稱作感應。

一、學習聽得更清楚

你的心靈自我可以像頭腦裡的聲音一樣被聽到。聽到內在聲音的能力不是一種奇蹟，而是「思考」過程的一部分，在腦中聽到文字訊息是另一種正常、每天都會有的經驗。

天耳通（Clairaudience）

天耳通為清楚聽到非物質實相的能力，也是相同系統的一部分，只不過它的功用是用來告知跟心智有關的心靈訊息。不同於潛意識傳達個人訊息至心智，它傳達的是心靈知識。天耳通的接收過程中會遇到的問題關鍵在於每個訊息都有不一樣的接收形式。心靈訊息以不一樣的方式接收並各自伴隨著不同感覺。被啟發的思想經過心智，會以不同的音調表現出更高的振動頻率。像是一個普遍原則，訊息的源頭越接近靈性，所聽到的經驗就會越美麗、越細緻。

天耳通發展的起始階段從每天嘈雜的心智中浮現不同的心靈訊息開始。當感受力增強時，透過一個更清楚的「內在聲音」所聽到的直覺訊息會將知識帶給心智。最高形式的天耳通在一些偉大導師以及領導者身上顯現，他們被記述聽到了神或天使的聲音，就像是一種清楚、外部的聽覺體驗。

發展天耳通

太陽神經叢中的感覺體認可以用來當作發展天耳通時心智的注意焦點。在腹部感覺到的能量被認為是一種意念，在脊椎升起然後進入意識中，就像是一個天啟的想法。另一個方法是，在你的耳朵一英吋或兩英吋之外，放一個貝殼或用你的手形成一個聽覺區域，集中精神傾聽物質身體之外、氣場之內的地方，避免被腦內個人心智所體驗的嘈雜聲所干擾。

當天耳通作用時，應該要考慮其它形式的干擾。例如，假設你有心理問題時，想法就會反映出來；如果你的心智沒有對某個物體開放，就不會想要聽到關於它的聲音；如果你將頻率調整到跟某個負面振動一致，就會接受到該頻率。解讀時，記得你的脊椎就是接受非物質能量的天線，你的想法與感覺藉由吸引相似的心靈振動來決定接收頻率。透過打開你的心胸以及抱持正面態度，就像通往高層心靈振動的通道，你的意識將領悟到天啟的想法。

當你在解讀塔羅牌時，讓自己的想法也被啟發。讓牌與你的心靈自我產生互動，並且傾聽內心的聲音。塔羅牌擁有豐富的知識寶藏，用象徵或符碼的形式保存。當牌中圖案的能量經過你的直覺系統時，就好像錄音機播放錄音帶一樣，只要喇叭打開或者接上耳機，我們就可接收到聲音，獲得幫助。

二、學習看得更清楚

天眼通（Clairvoyance）（法文就是「看的清楚」）發展到最

高境界，就是能夠直接看到非物質實相的能力。達到這個境界有天眼通的人，可以看見更高層的靈界事物以及人類氣場，如同一般人看見樹或石頭一樣容易。天眼通最簡單的階段就是看見象徵觀念圖像的內在視覺。一般人的靈視能力平均落在這兩個極端之間。

測試你的內在視覺

內在視覺的基礎功能是去接收觀念並將它們轉化為圖像。作者藉由寫下的文字在讀者心中形成圖像，就像將直接的言語訊息轉化為觀念。也像是喜劇演員說故事時，在觀眾內心引發一個好笑的圖像。

用下列方法測試你的內在視覺：試著「不要」去看一個在跳傘競賽運動中穿著黃色芭蕾舞衣（上面還有紫色小圓點）的粉紅色河馬。除此之外，當她在白色籬笆上跳舞時，也「不要」看她對著你的微笑，以及她吸引你注意的揮手致意。

因為這些多采多姿的敘述以及滑稽特質，有趣的觀念已經進入你的心智，特別是當你試著刻意「不」去看她的時候會更加強烈。

醒著的時候作夢

接收心靈影象也是在清醒時作夢的一種形式。在警覺的意識狀況下，它可以被比擬為一隻腳在物質世界而另一隻腳在非物質實相裡，所以你的心智會警覺到視覺訊息。當心智沉入睡眠邊緣

但還沒有完全進入睡眠時，視覺的心靈接收最清楚。學著在還保持清醒的時候隨著這個邊界流動，（會發展你的能力）將腦波保持在 α 階段，這是最適合心靈接收的意識覺醒狀態。完全的放鬆對於獲得天眼通也有所助益。

人在睡眠階段時，並不會知道這些影像已閃入心智螢幕，通常在早晨醒來時只會記起這個視覺體驗的一小部分，然後在白天的時候也許會完全忘記。類似的經驗被具有天眼通的解讀者描述出來，一但解讀結束，這些被看到的影像會開始從他們記憶中退到被遺忘的夢境行列中，就好像解讀者是在清醒的時候作夢一樣。

創造一個內在的視覺屏幕【注1】

為了提供接收心靈影像時所需的乾淨空間，創造一個內在的視覺屏幕是個好方法。「內在」在這裡指的是氣場之內，然而在身體之外的位置。將這個屏幕帶到星靈體中，有助於減少個人頭腦裡經歷的影像和想法所帶來的干擾。某些天眼通解讀時會因為這個理由而使用水晶球，以便心靈能夠放鬆，然後視覺得以進入球中空間以接收影像。

在眼睛前方創造一個大約六到十二英吋的心智屏幕。想像一個白色表面有著金色邊框的長方形，或是想像一個可以改變所見

【注1】「視覺屏幕」只是一個工具。在創造這個屏幕之前，先辨別你現在「看」的方法。你可能彷彿觀察一個無論在前方或上方的景象一樣去「看」。如果你覺得自己「看」的方法很適合，那就沒有改變的必要。你也許只要體驗過這個方法就可以了。

物體的電視機，有著高畫質的影像，如果你願意甚至可為它加上聲音，形成一個最適合你的視聽系統。

藉由看見熟悉物體的圖象開始練習使用屏幕，例如鉛筆，將這個圖象停留並且運用你的想法使它保持清晰，試者不要讓它晃動或是從景觀中消失，這個物體應該會穩定、清楚、而且可被你的心靈所控制，你甚至可以要求心靈自我及時地用這支鉛筆寫下給自己的訊息。練習去看其它熟悉的物體、地方或人物。

用這個屏幕去獲得個人所需的洞見，同時作為天眼通的心靈接收工具。觀察潛意識中個人成長所傳達的訊息將證明它是一個客觀有用的裝置。在這個屏幕上所看到的象徵、物體、特徵、以及詳細景觀可以提供有用的資訊來支持並加強解讀塔羅牌的牌面訊息。

三、運用其它的感官知覺

超覺知能力（Clairsentience）混合了其他三種感官知覺，就像將心靈知識轉化到意識的媒介。情緒可以混合味覺、嗅覺和觸覺，有助於揭露心靈本質訊息的內在經驗。例如解讀者體驗到與愛人分離的擁抱而帶來心理哀傷時，也許會伴隨著淚水的鹹味和花園早春的氣味，這代表著兩個人哀傷的分手告別。也可以藉由對於分手的直覺敞開心胸，主動談論它們而獲得這個事件更進一步的資料。

因為全頻作用，解讀者可以運用視覺就像聽覺一樣。他可以想像這樣一個分手告別的場景，試著從旁聽取其中的對話，或是

仔細聆聽內心對這場景的敘述。整個機制道出了這些富有創意的想像怎麼被用來接收心靈資訊。

用心體會各種直覺

接收的訊息種類愈多，愈能提升解讀的準確率。一般心靈解讀者會運用各種直覺聯結到各個意象，使訊息更準確可靠。人體的太陽神經叢對這些解讀出來的各種心靈訊息總是會產生反應，種種直覺就是來自太陽神經叢。在前幾章有提到，內心的知覺反應，可以區分出很不明確的能量流動和實質疼痛。一般認為，這些直覺反應，源自於史前時代人類或是動物用來防禦危險的一套系統。若是在身體的這塊地方加以訓練，會宛如一個能量感應器，將這些能量轉化為非物質的實相。

從心靈層面來看，為確保人的生命在各方面成長，身體意識可以感覺到什麼是必須的。在靈魂發展路徑中，我們很自然地會被有助益的人吸引，而排斥那些可能傷害我們的人。這種吸引／排斥機制，會引導心智將那些正面或負面的遭遇視為成長的過程。不止如此，即使對一些很單純的東西，如一本書、一輛車、一項電子設備或是衣服，也都會有一些直覺反應產生。

運用直覺來做任何決策時，有幾個很重要的因素應該要考慮到。第一，所有決策的最終責任為何，都是由思緒來做決定。第二，最佳的學習方向應建立於能實踐「投身計劃」【注2】，並正面促進靈性成長的原則上。第三，也是最重要的一點，直覺反應的準確度或理解度的高低與否，是隨著潛意識的發展程度而定。

我們可以藉由肯定／否定這種很單純的直覺反應，找出一套屬於個人的心靈信號系統。首先，試著做上一章提及的三步驟放鬆法引導你進行心靈作業。接著，閉上眼睛，將雙手置於太陽神經叢上。一切就緒後，現在，將注意力集中在一些對你而言是美好的畫面上，試著體會對「肯定」所產生的信號。可以想像正抱著小孩或是獨得一大筆賽馬獎金，也可以想像完成一項很重要的任務或正在享受你最愛的食物，諸如此類。試著感覺你的能量從腦部傳到太陽神經叢的過程，並留意對這些畫面所產生的反應。多試幾個，將心裡對「肯定」的體驗所產生的各種反應寫下來。寫得愈貼近愈好。換言之，若要體會對「否定」的信號，同樣依上述方法，只是想像一些對你而言不愉快、不好的畫面。你可以將這些結果製成表，整理出在各種狀況下屬於自己的一套直覺反應模式。各種狀況下內心能量所產生的各種變化，藉由觀察，你可以隨時增加或是修正這套模式。

發展從內心傳達至腦部的信號系統之深度認知，對寶瓶心靈塔羅牌的解讀者而言是個很實用的工具。解讀者所感應到的種種感覺，可用來協助引導解讀方向。舉例來說，解讀者會被特別引導去注意其中幾張牌，或是著重某個意涵。這些感覺將指出這些訊息提供的方向是否正確。

【注2】所謂的「投身計劃」，是指靈魂在投身為人之前所選擇的一種可能生活情境。用來協助靈性成長的實踐。以人體／潛意識層面來看，就像是電腦記憶體中的一支程式。

四、心靈接收的其他方法

學習各種心靈解讀法，會開啟許多新的心靈訊息接收方式來協助解讀塔羅牌。下面這幾種心靈解讀方式可跟塔羅牌解讀結合。

觸物占卜（Psychometry）

觸物占卜指的是藉由碰觸，或專注於一個實體以接收心靈訊息。當解讀者專注於一個物體並產生共鳴，便會接收到和這個物體的主人相關的心靈意象。當問卜者拿牌時，或是在切、洗牌時拿著一樣屬於問卜者的東西，過程中會產生一種新的能量振動滙入牌中，解讀者便藉此來解讀意涵。

解圖法（Picture Reading）

解圖法和觸物占卜法很像，也會利用注視一張相片來聯繫某人。它讓心靈解讀者可以從二度空間呈現的人物中接收到一些意象。同樣的道理可以運用在塔羅牌，利用注視著某張宮廷牌，然後說出相關的人格特質來解釋。

不論是觸物占卜法或是解圖法，都可用來鑑別塔羅牌解讀者個人的心靈接收系統，並廣泛的提升心靈能力。更有甚者，就算當事人不在現場，只要他身邊的人拿著當事人相關的東西或照片來占卜，解讀者一樣可以從牌中得到關於當事人的心靈訊息。

氣場分析（Aura Reading）

氣場分析意指對人體能量的一種心靈詮釋。它利用環繞著人體的一個能量場，經由注視然後從中接收一些訊息。解讀者會先感覺這個能量場，試著感應這個富有色彩的能量模式，甚至能清楚看到氣場的顏色。上述這三種感應過程都要藉由更高的能量注如脈輪，再描述出經由與問卜者能量接觸後所感應到的一些心靈意象。

如何看到氣場：要看到氣場，必須先將能量從頂輪中央向下運到太陽神經叢，然後再提升到第三眼並順勢運出。在這過程中，要避免將焦距放在一個定點上，讓雙眼放鬆。所謂放鬆，就是雖然看著某個目標，但週圍的東西亦能收入眼簾。舉例來說，拿一本書放在距你約六呎遠的地方，然後看著書的封面，同時一邊注視著天花板、牆壁……視線所及的所有東西。你會發現那本書的封面開始模糊，或許還會感覺到有點昏昏的。同樣的方法，若要看到氣場，只要讓雙眼放鬆，然後換成注視著某人頭頂上幾吋距離的高度即可，甚至你還可以利用鏡子看到屬於自己的氣場呢。只要儘量放鬆雙眼，然後看看你的頭部附近是否有白色或是黃色的光環圍繞著。

縱然是二個沒學過心靈能力的人在路上碰到，潛意識裡也會藉由感受到的能量來衡量對方。我們常會用直覺、情緒反應、心理印記等來詮釋對一個人的感覺。只要將問卜者的能量開啟流通，結合塔羅牌的使用，這些方法會更加具體。

多練習各種心靈解讀法，有助於提升心靈能力及自我成長。

無論是否要鑽研塔羅牌的解讀，在發展自身心靈天賦的同時，你也學到了敏銳的洞察力及自我療癒能力。

　　解讀者是一個提供問卜者更多資訊和療癒能量的管道。心靈解讀者愈開放自己，洞察力及能量愈能被釋放。無論使用哪種解讀法，解讀者必須很敏銳去感覺問卜者未透露的需求，允許直覺的印記流過溫暖療癒橋樑。

第四章
大阿爾克納的精神旅程

作者將二十二張大爾克納編成一
個故事，從愚者開始也從愚者結
束，並加入第五章的占卜意義，
以便讀者學習每一張大阿爾克納
的意涵。

我將這二十二張牌編成一個故事以便學習每一張的意涵。下面加底線的文字引用自第五章大阿爾克納中所敘述的占卜意義。

　　0：一個年輕人用短棍背著所有家當，離開家鄉開始一段長途旅程。為了尋求精神真理，在鄉間漫無目標的旅行。他停留在一個叫做羅塔的小村莊，那裡的小孩和老人都嘲笑並且叫他**愚者**，認為他是一個說著不重要的事情、<u>不真實的理想</u>而且有著<u>過多想像力的天真年輕人</u>。他了解<u>自己容易受傷</u>，也明白對於<u>謹慎的需要</u>。他知道<u>必須做出決定</u>，去追尋<u>自我中的內心嚮導</u>，於是離開羅塔並且朝北邊禁忌的山林前去。

　　1：當他向前旅行時，就失去了家裡溫暖的爐火，幾個月的旅程讓他變得疲憊不堪，卻更堅定<u>將理想轉化成行動並且主導自己的生命</u>。他在一個山丘上看見一個神秘的小學校，採取主動申請入學許可，變成一個見習生。經過多年的勤奮學習，獲得了<u>技藝以及信心來發展自己的心靈能力</u>，他展現智慧並高尚地使用，因此獲得**魔術師**稱號。準備離開學校的時候，他知道將在<u>生命中開始一個成功的新循環</u>。

　　2：離開之前，他找出體貼且慈愛的**女祭司**，藉由她的<u>直覺指引以及精神啟發獲得了知識和智慧</u>。她與愚者分享被保護在秘密卷軸裡的神秘學說。

　　3：他艱苦跋涉到城裡，在那裡的皇室宮廷中有他的觀眾。停留在這個城市期間，慈愛而且具有奉獻精神的**皇后**提供他城堡裡所有的舒適以及奢華，她像母親一樣教導愚者三個原理：<u>創造力、實際的行動以及生產力</u>，祝他有生之年都有<u>好運、成功</u>以及

幸福相伴。

4：**皇帝**是一個非常聰明並且理性的男人，他建議這個年輕人用精神控制來掌管情感，並且賜予象徵權力的皇室印信，讓愚者在旅途中帶在身上。

5：城裡的**祭司**同情地聽著這個年輕人的問題，並且教授關於傳統及道統的事情。在一個宗教儀式中，祭司祈求指引並啟發這個年輕人，同時保佑他及其精神冒險。

6：這個年輕人暫時返家，對一個自孩童時期就互相愛上的女孩述說一些事情。他告訴女孩在離家的這段旅程中有多常想到她的美麗、內心和諧、照顧和信任。當這對**戀人**擁抱時，也討論著愚者將會離開女孩的未來旅程。他解釋自己需要繼續這個精神旅程，然後向她吻別。他知道必須控制情感並且根據精神的價值觀作出負責任的決定。

7：這個年輕人了解並控制在這個困難情況裡彼此相對的兩股力量。父親帶他到象徵著狂野的**戰車**旁邊，他再次開始旅程，知道只有自我控制和堅忍最終才會帶來成功以及勝利。

8：當他穿過平原以及險峻山丘，要攀爬上智者獨居的山中洞穴時，路上將遭遇許多負面情況，藉由內在的**力量**、勇氣、耐心以及堅持，他運用精神力一一克服。

9：從這個住在孤獨山頂像是**隱者**的聰明男人身上，愚者獲得寶貴的意見。他告訴愚者要退隱七年，進入能給予遠見以及啟

發的冥想領域。

１０：在冥想中，他進入**命運之輪**的平靜中心，學著接受成長的持續循環和生命恆常的改變就如同命運本質以及業力，然後他看見了成長的未來遠景、成功以及好運。

１１：這個年輕人知道，如果希望達到平衡狀態以及內心和諧，必須經歷一段試煉以及苦難時間。他坐在**正義**的因果天平前，準備接受生命中的決定與行動所帶來的責任。

１２：為了讓精神繼續成長，他知道必須從過去的模式中解放，所以接受了**吊人**的象徵作為崇高犧牲和信仰的新理想。他花了好幾個月追尋靈魂，準備調整自己去接受新的理想和情況，知道報酬將會是啟發以及心靈的平靜。

１３：他突然發燒並且與失敗和失去的感覺對抗，也開始經歷一個創傷的改變。他領悟到必須放棄先前的知識，然後歡迎代表舊自我死亡的**死神**，以便產生一個重要的轉化以及更高意識的誕生。

１４：他記得許多學習過的課程，那是一個成熟個人所必須具有的**節制**特質。他必須調和心靈以及精神力量，然後熟練自我控制和調和，學習接受生命所提供的任何事物。

１５：在高燒的痛苦掙扎中，他看見了**惡魔**用所有的生理愉悅、金錢還有物質世界的權力前來誘惑的景象。這個男人運用謹慎，在欲望和恐懼中掙扎，也與毀滅性的力量、壞習慣、以及奴

役他的不良影響對抗。

　　１６：發燒最嚴重時，一個意料之外的大災難降臨到他身上。他依然陷在內心掙扎，感受到自己的失敗、失去以及分離關係的痛苦，在精神錯亂之下，被塔裡修養所的矮陽台絆到然後跌下來。

　　１７：當他躺在地面上，看著天空中閃耀的星星，奇蹟似地充滿了遠見、勇氣、靈感以及精神自我的啟發。接受身心的靈性療癒時，他看見一個全新希望的時刻以及未來的美好景象。

　　１８：幾個小時之後，漸昇月亮的神秘力量會作用在他的想像力上，使他知道過去的恐懼、理想的破滅、情緒性以及對於安全感和成就的渴望。他會再次感覺經歷過的惡劣及危險時刻，看見欺騙和問題發生在他家鄉摯愛之人身上的景象。

　　１９：隔天早上這男人醒來感受到太陽的溫暖、光亮、愛以及喜悅。他再次檢視自己的成就還有新的成長。藉由生命的完整，他感到滿足和快樂。

　　２０：這男人領悟到單純的個人觀點已經轉變成對無窮盡影響力的瞭解，而且瞭解自己在事件當中所扮演的角色。他站了起來並且大聲祈求療癒以及贖罪，並且向更高的領域請求最後審判以及解放。

　　２１：當他打包少量的行李到肩上布袋時，一個壓倒性的安全感、平靜、持續的喜悅以及靈性充滿著他。發現所有尋找的東

西其實一直都在他內心裡，他看到了這是一個<u>改變</u>的時候，也準備好<u>旅行</u>回那個小村莊，去感覺終於贏得<u>認同</u>和<u>成功</u>。為了<u>慶祝</u><u>成功以及解放</u>，他再次進入**世界**並且分享神秘啟示。

　　２２：再次進入這個叫做羅塔的村莊時，他停在一口井前面喝水並且在那裡對著村民說話。他與村民分享學習到的智慧、<u>創</u><u>造性心理之愛</u>、<u>開放的心胸</u>、<u>更近</u>一步與更高心靈領域的接觸，以及做決定時跟隨內心嚮導的需要。他現在是一個達到<u>高階意識</u><u>的成熟探索者</u>。當他敘述精神旅程時，許多人聚集在身邊，聽著他說的話，許多人在內心中感到希望。不過小孩和老人還是叫他**愚者**。

第五章
大阿爾克納

以愚者為開端與終點，詳盡說明
二十二張大阿爾克納的牌面象
徵、牌卡意義，以及逆位意涵。

牌卡意義

　　這張牌描繪一個開放且富有想像力的心智，也代表著容易因為不成熟、天真以及不切實際的理想而受傷。作為一張代表事件的牌，它指的是一個重要抉擇以及作決定時需要的謹慎、內在的指引還有智慧。

牌面象徵

　　一個年輕人向前方走去，望著遠方就像未來一樣。因為心思被想法以及夢想佔據，所以沒有注意不久的將來會遭遇的問題以及潛在的危險。

　　他溫暖地穿著好幾層衣服並且帶著一頂有羽毛的帽子。他的行李在布包裡（牌中並沒有看到），掛在右肩的權杖上。這支有著新芽的權杖代表獲得領悟力的潛能，也是愚者在旅途中的朋友與保護者、精神的力量與資源。

　　右手的白玫瑰象徵著他的純潔與天真。雖然走在地面，他的頭卻在雲中。他善良的動機以及天真因為缺乏智慧與謹慎所以被抵銷掉。他是所有人類無窮盡意識裡尚未被了解的學識的化身。

　　牌上的數字0是宇宙蛋的形狀，也是永恆的象徵。它同時代表了「無」以及無限的可能性。

逆位

　　愚蠢、粗心、軟弱、過度的、極度興奮、不理性甚至瘋狂。不當的想法會造成愚蠢的決定。

牌卡意義

　　描繪一個人聰明、有技巧的、充滿信心、積極而且具有意志力，代表能將理想化為行動、處理困難以及掌握自己生命的能力，也顯示對於心靈能力的掌控，以及聰明正直的使用這些能力。可以指一個新的並且可能成功的計畫或是生命循環的開始。

牌面象徵

魔術師站在一張桌子前，上面擺著小阿爾克納四個牌組的象徵，權杖代表知識的靈性運用；寶劍代表克服阻礙的智力；聖杯代表情感層面的瞭解；錢幣則是物質或身體層面的成就。魔術師桌上出現的四種象徵，代表著他守護這四種元素而且有能力處裡生命中的任何狀況。

象徵宇宙永恆的無限符號水平地懸在魔術師頂輪上方，代表著無窮盡的智慧與人類精神接軌。他身上的腰帶是一條吞吃著自己尾巴的蛇，為另一個代表無限的圖案，暗示透過身體被運用與升華的永恆能量。牌面上在他右邊的木棍其實是第二根權杖，代表他對於精神能量以及能力的掌控，並將它們使用於世俗層面。牌面上方的角落可以看到三角形（煉金術中代表火的符號）、圓形（太陽符號）以及樹葉，代表著他與自然調和而且接受生命的循環。

魔術師代表著思考的力量以及傳達理想的能力，包含了自我控制、努力、意志力、理解、以及聰明地運用直覺導引來克服困難，以及掌控任何生命情況的能力。藉由清楚的思考以及智力的想像，魔術師能控制自己的創造性能量並且用意志力導引。他十分了解人類會堅定前往更高知識的路徑。

逆位

無能、猶豫、缺乏意志力、奸詐、人為操控的。會為了自私的利益或毀滅性的目的而濫用力量。可以指有段期間會運氣不好。

牌卡意義

　　她包含了創造力、理解、自力更生、平靜以及愛的陰性特質，代表教育、知識、智慧、秘密以及神秘的學說，也象徵直覺、遠見、精神的靈感以及被正面隱藏性影響力所影響的事件。

牌面象徵

女祭司凝視著一隻停留在左手拿著的花上面的蝴蝶，花朵象徵美麗以及所有生命形式的成長，象徵直覺以及活動的蝴蝶也屬於她的管轄。

她戴著三層頭巾，頭巾前面裝飾一個抽象的十字符號；黑色長袍印著挺直的橡木葉，象徵她的力量以及靈性；頭頂上方的鮮紅色帷幕裝飾著石榴圖案，象徵肥沃、生產力以及複雜性；她身旁為集合遠古智慧的卷軸，即在她保護之下的神秘學之書，這些卷軸的外觀看起來像是兩個柱狀容器，代表著對立法則以及將知識使用在善或惡的能力，因此她的角色是保護者也是赦免的仲裁者。

遠方是寬廣的水面以及山峰，兩座山峰之間有一座城堡，象徵著提供更高層知識以及平靜的精神中心。山峰景色反映在水面上，就像是高層力量的智慧反映在潛意識一樣。

女祭司守衛著神秘學知識的入口，象徵著影響問卜者的隱藏作用以及他們必須學習的神秘學說。她包含了陰性以及自我反省特質，這個潛意識精神的角色就像是通往高深學說的管道。她代表了直覺的發展、心靈的知覺以及正確地將它們應用於改善靈魂。

逆位

描繪膚淺且不可靠的女人，不誠懇、自私、而且自負，有著生理的強烈欲望、自我毀滅性、以及負面的隱藏性影響力。

·THE EMPRESS·

牌卡意義

　　一個本質上具創造力與生產力，個性慈愛忠實的居家型女人。她代表能帶來成功、舒適和享受的進取心與實際行動，包括好運、繁榮還有快樂。她也可以指生產力以及母性。

牌面象徵

　　皇后專注看著我們，她戴著鑲有十二顆星星的皇冠，代表著十二星座以及控制時間的權力，紫羅藍色披肩是保護其精神的物品。

　　她右手臂中枕著一根木製權杖，權杖頂端有一顆球狀物，象徵掌管內心的情況以及狀態；右手拿著一個刻有占星術中代表金星符號的盾牌，代表生理之愛與精神之愛的整合、和諧能量以及高尚價值觀；成熟的麥穗在她右側，象徵著她與自然的關係，以及收割生命果實的能力；她身後的貧瘠峭壁上有一道瀑布——水，母性的贈與者以及生命的保護者，象徵貯存著尚未被了解知識的貯存槽，從上往下流代表潛能；山谷下方的池塘則代表皇后領域裡的富饒以及生產力。

　　皇后象徵著提供這世界秩序、創造力以及生產力的陰性統治力量，也描繪了潛意識以及情感的正面力量，她憑直覺行事，同時以奉獻與鍾愛的態度運用內心力量去掌管她的領域。

逆位

　　一個自私又不快樂的女人，代表著貧瘠以及家庭或社會地位崩潰。同時也代表猶豫不決、揮霍無度、缺乏深度以及惡運。

牌卡意義

　　一個具有權力的成熟男人，聰明、經過歷練、充滿自信以及理性。也可以指主導問卜者生命的男性影響力。他代表使用精神來控制情感的能力，以及成功執行計畫的行動力。

牌面象徵

　　皇帝坐在象徵力量以及權威的皇座上，前方的薰衣草都開滿了花，除了最靠近他心臟的那一朵。皇座兩側支架由刻有公羊頭的柱子做成，分別面向不同方向。公羊代表白羊座，守護著頭、臉、大腦，意指智慧、個體、力量以及權威。皇帝可以理解相反的看法並且公平地決定應該採取何種行動。

　　他的橘色皇冠合身地搭在繡有飾釘的棕色衣服上，從身體中央垂掛而下圍繞著脈輪，象徵他充滿能量的精神掌控了世俗領域以及身體。皇冠上的紅寶石位在第三眼，意指精神思考以及觀點會影響他所做的決定。

　　他右手的權杖是古埃及十字架的形狀，象徵著生命。十字架頂端的橘色圓圈跟精神的主動領導權有關。左手的地球象徵著秩序以及統治世界的權力，而且與他實現計畫所使用的創造力有關。

　　皇帝體現了心理的推論過程、組織能力、穩定性以及實體的成就。他代表陽性法則的領悟、行動、以及統治權，也代表能夠謹慎衡量複雜情況中所有變數，然後做出正確決定。

逆位

　　不成熟的男人，無法自我控制並且不理性。可以表示人格的脆弱、缺乏自信和抱負，無法執行理想。

牌卡意義

　　一個具同情心、願意奉獻以及幫助他人的人，然而可能會被道統以及傳統所限制。可以代表受到教誨、引導、靈感、或者是聽到心靈聲音的能力。也可以表示宗教儀式，如結婚典禮或一個入會儀式。

牌面象徵

教皇舉起右手賜福祈禱，兩隻手指指向天堂，這是一個祝福以及精神賜福的手勢。也是喚起精神力流入物質層面、神秘的知識公諸於世的信號。

他戴著一頂神職人員的三重冕，左邊有一根呈三重十字架的權杖——皆是高級神職人員的符號，帽子上的多層次，指他的精神靈感能夠與更高領域協調；三重十字架的權杖象徵藉由較低階層面，神聖的熱情得以顯現；權杖最上面兩根平行桿，在通往靈性的更高階梯上具平衡作用。

他右手臂下方有兩把交錯的鑰匙，用來打開潛意識以及意識以便接收被啟發的思想，也代表影響人類狀況的月亮以及太陽力量。

教皇代表直覺、高層聲音的傳達者和翻譯者、天堂以及人間的媒介。他也是包含學說和秩序的傳統之保護者，道統的保存者。他象徵著達到靈性的能力，並警告我們別被法則的字面意義給限制。

逆位

一個脆弱而困惑的人，雖然非正統卻有著開放心胸。暗示錯誤的引導、接受不好的建議。也與無法聽到內心聲音、或是謊言有關。

牌卡意義

　　美麗、內心的和諧、關心以及信任關係、還有兩顆因愛結合的心。它也指做出一個負責任決定的必要性，這個決定需要控制情感並且在選擇中堅持精神價值。

牌面象徵

　　當這對戀人擁抱時，他們深情地注視彼此雙眼，男人精心打扮並且戴著亮麗羽毛做成的帽子，本質上像是隻雄鳥，他的披風一部分包著女方，像是保護她一樣。男人身後開著花的權杖，代表著他透過與心靈中陰性層面產生關聯，精神上正在成長。

　　牌面右邊的女人有一部分被帷幕掩蓋著，這塊帷幕繡有三角形山峰及一顆長著果實的奇異樹木。她的長直髮由一條在圓形裝飾物上掛著三角物的華麗頭帶捆著，頭帶本身有之字形圖案，代表火，一種能夠在物質以及精神界顯現的能量。頭帶中央第三眼的位置，有一個倒三角形位在圓圈裡，倒三角形代表水以及跟感情有關的煉金術符號，在這裡也強調女性的直覺觀點或是第六感。

　　更廣義來講，三角形象徵著對立的兩股力量藉由第三種力量結合──男人與女人因為愛而結合。也代表人類心靈中男性觀點與女性觀點的結合，一個人完整發展的必要條件。

逆位

　　沮喪、內心的混亂、不信任、不認同愛情以及婚姻。代表不負責任以及猶豫不決。也可以指逃避正常親密關係、性慾還有不忠。

牌卡意義

　　了解對立力量將控制並引導一個困難情況，然後帶來平衡與和諧。自我控制、個人的努力以及堅忍可以結束困難。代表有抱負、成就感、成功以及勝利。

牌面象徵

駕著馬車、表情堅毅的男人，視線從頭盔開口望出來。他藉由決心與力量控制對立的力量並且有技巧地將戰車駛向目標，頭盔上的黑色五芒星代表他用來對抗黑暗力量的精神能量，黑色代表地球以及基本事物，暗示著物質力量的昇華。

他的肩膀上有兩個彼此背對的新月，一個在微笑，另一個露出不悅之情，它們描繪著被更大野心與意志力所控制並平衡的兩種易爆發的相對力量，因為是月亮所以也代表自然循環的改變。

出鞘的劍斜向戰車駕駛的心輪，代表他準備好要與生命中心之外的事物戰鬥，有意識地使用精神力量擊退黑暗力量。

戰車象徵人類身體，指引身體靈魂以及控制物質世界力量的人類精神則藉由戰車駕駛代表。戰車的尖角設計外緣為裝有飾釘的輪子，代表著力量以及流動性。

多排弧形符號看起來像是在他腹部開出一條乾淨的道路，象徵著通往內在（潛意識）實驗室的通道，保持平衡狀態的對立力量在這裡發生煉金術的轉化。

逆位

缺乏自我控制、不平衡、沒有方向、無法處理困難。過度使用力量帶來挫折以及侮辱。代表失敗。

牌卡意義

　　代表內心力量、能量、勇氣、耐心、正直、同情心以及慷慨。身、心、靈的平衡。正確持續地運用內心力量以及精神能力，可以克服週圍的牌所帶來的負面情況，將我們帶向成功以及榮耀。

牌面象徵

力量牌具體化為一個穿著華麗戰甲的男人，他右邊是出鞘的劍（意識）、左邊是一隻人為飼養並且品種優良的狗（潛意識）。這個戰士用勇氣與耐心的表情直直地看著前方，代表性格中的潛在力量以及正直。

出鞘的劍代表他已經準備好運用精神力量來克服困難或者保護更高意識。他是一個有目標並且充滿行動力的男人，準備妥當而且冷靜，不會衝動也不會感到混亂。藉由力量以及智慧，他讓他的狗（一種將野生的狼飼養並且馴服的象徵）變成同伴、忠實的守衛。戰士也會承認從潛意識而來警示危險以及幫助指引他的訊息。

寶劍前面疊成三個階梯的石頭象徵著身、心、靈三個層面之間的溝通，頭盔上方橘色的階梯造型則呼應更高意識的主題。真正的力量就是被身體支持著的身、心、靈力量。

逆位

軟弱、缺乏勇氣與正直、腐敗、敵意、支配欲以及辱罵。也代表失敗並且可能失去信譽。

THE HERMIT

牌卡意義

　　應該要退隱一段時間，並警告我們重新評估與收集內在力量。冥想，提供理解力、智慧以及啟發的深切反省，代表對理解力和建議的需要，也指出遇到一個可以提供良好建議的聰明人。

牌面象徵

有著灰色長鬍子的年長者站在窗戶前面，右手拿著一盞燈籠。他的臉一部分被淡紅色的風帽遮住，表示感受與情感能力的升華，也暗示秘密以及看不見的情形。象徵性地說，圓錐狀風帽為包覆整個頭的皇冠，代表一個充滿著高深思想的精神。

隱者身穿紫色披風，寬鬆的衣著隱藏了身體線條，更強調他從世俗社會的退隱是為了更多精神追尋。長袍的領口與袖口飾以長條狀且顛倒的三角形，乍看之下會讓人有山頂的錯覺。

隱者代表了經驗、秘密的知識以及智慧，他是一個睿智、聰明的老人，已經跨越自己的界限，並且願意將知識和理解跟向他請教的人分享。

隱者拿著一盞點亮的燈籠站在窗戶前，燈籠像星星般的光芒照向逐漸籠罩的黑夜，為誠摯找尋更高深知識的旅行者照亮道路。

隱者代表一個人從外在世界的影響中抽離，運用冥想尋求靈感以及洞察力時所獲得的覺醒和啟發能力。

逆位

因為恐懼、不負責任以及不成熟而退縮，也指聽從不好的建議、駁斥合理的提議、以及莽撞行事。

牌卡意義

　　一段時期問題的結束，某件事的正面循環之開端。好運、成長、擴張、成功、財富的時刻。願望成真。成長的循環、持續的改變、命運以及業力。也代表找出自我平靜中心的需要。

牌面象徵

　　人面獅身像的頭被放在輪子上方，一隻有翅膀的獅子跟公牛面對面好像在守護輪子底座。命運之輪之上希伯來文摻雜著阿拉伯文，在輪圈邊緣可以看到「taro」這個字，八根輪輻上有四根寫著煉金術符號。

　　兩條蛇形成命運之輪兩側的框架，代表著善與惡、上升與下降、成功與失敗。蛇在這裡也代表能量，波浪形的體態闡述了藉由正確思考以及行動而實現的業力正義帶來了極高共鳴。輪子象徵著事物的循環本性，作為遠古黃道十二宮的象徵，描繪著時間移動的無常本質。

　　它的輪軸與生命中心的精神力有關，輪輞則與物質世界的限制性本質有關，在中心與邊緣的空間，具創造性的構成力量由中心向外流動，八個輪輻則是存在於內心與外在世界之間的支撐和溝通管道。

　　命運之輪是一個曼陀羅，一種將精神拉往中心的圓形設計，就像是專心及冥想的聚焦。它提醒冥想者要避免專注於物質存在的負面周期性經驗，個人必須向精神真實的平靜中心前進。

逆位

　　首要行動導致巨大改變的時候。指事件不好的轉折、不幸以及失敗，也指一個人不願意用自由意志來改正生命中的問題。

牌卡意義

經過一段時間的苦難和試練後達到平衡以及和諧。代表一個誠實的人，他（她）會為自己所做的決定與行動負責。也象徵對於一件事或法律問題將有公平而且明智果斷的結果。最大的正義，業力。

牌面象徵

　　一個戴著皇冠、身穿法官長袍的女人，一手拿著天平，另一手握著劍柄；她的皇座位於繁花盛開的權杖所組成的兩根柱子中間，象徵著她運用精神法則掌管正義；皇冠表示在服從那些法則之下行使審判的權力，裝飾於皇冠前方的暗紅色珠寶代表她的教化行動，方正形狀象徵著她控制四元素以及對於世俗的統治權。

　　她左手（戴著黑色手套）的天平象徵著關於善與惡的業力法則，以及因果的真實本性。正義女神公正而且不偏頗地稱出真理的重量，秤盤根據放在上面的證據而有所傾斜，中心樞軸為裝飾著紅色圓形物的陰莖形狀，象徵為了生命不朽而將被導向的巨大無窮力量傳送出來。牌面上的天平處於平衡狀態，意指平衡以及和諧的成就。

　　右手邊（戴著灰色手套）的劍代表著正確的思考、精神的決心以及正當的保護。插在劍鞘中的劍也代表對天真的保護，以及唯有在需要時才會動用的力量。

逆位

　　缺乏平衡以及正直、偏執、莽撞。錯誤的決定導致接踵而來的失敗。它也可以指不公正或是法律問題中不利的決定。

【12吊人】

牌卡意義

　　一個重大的改變、變革、對於新理想以及狀況的重新調整——最終目標是好的。直覺、心靈知覺以及精神智慧是放棄過往模式和持續成長的結果。它也代表內心的平靜、啟發、信仰以及高尚的犧牲。

牌面象徵

　　一個表情壓抑的男人，左腳被繩子綁在十字架上倒吊著。蓋在他喉嚨那塊橘色看似聖杯形狀的布，延伸出象徵力量的鋸齒狀符號指向海底輪，實際上吊人是顛倒的，所以該符號是指向天堂。這個力量的箭頭符號將性慾能量轉化成更高能量，就像是上升的亢達里尼。從喉輪射出的能量符號暗示吊人對於昇華所傳達的訊息是一種意識要求，並非因為自身不幸而被迫採取行動。

　　以充滿生氣的樹枝作成的十字架，是一種無窮生命的神秘符號，直樑象徵著精神力量向下流往世俗層面，橫樑則將這能量平衡分配，吊人的腳被綁在兩根樑柱的交會處，也是這個符號的力量中心點。十字架象徵當精神開始追求更高力量時，因為意識到覺醒而帶來的精神痛苦。

　　這個角色上下顛倒，指出他為了淨化目的，已翻轉先前的想法與行為模式，也領悟到隨著自私與物質欲望而來的愚笨，他不再害怕與眾不同，藉由釋放過去的行為模式而獲得另類的生活觀點，並且經歷了過度期達到精神的知覺。

　　吊人闡述為了達到精神的神秘狀態而屏棄個人自我，也意味著精神與下列事物的結合：上帝、內心的平靜與啟發、神聖意志結盟所帶來的信仰。

逆位

　　以自我為中心、物質的、不可靠的、缺乏信仰。只會跟隨著傳統想法而非直覺。也意味著錯誤的安全感以及無益的犧牲。

牌卡意義

　　一個重大的轉化。個人生命裡出人意料、令人受傷的改變，
而且會通向正面的循環。死亡以及重生都會發生在一個人的意識
和過往生活型態。也可以代表惡運、失敗以及失去的「感覺」。

牌面象徵

死神現身為穿著士兵制服的骨骸，雖然骨骸為死亡的明確證據，卻也是建立世俗身體的堅固骨架，頭骨更是思想的存放所。骨骸是死亡之後遺留的部分身體，從更高層次來看，代表在物質型式的生命旅程之後留下來的靈魂殘骸。

死神拿著一面繡有棕色野玫瑰的深棕色旗子，旗上花蕾指向死神的終點。棕色的旗子以及玫瑰花強調人類起源於大地，終將回歸於大地，也強調大地的生產力以及人類的死亡。花朵象徵大地生命的循環，盛開的花朵比循環開端的新芽更接近循環尾聲，然而兩者都只是讓玫瑰花叢這個有機體能持續成長的小循環。

死神黃褐色的頭盔上有一根細長的紅色羽毛，猩紅色的布像血一樣從頭盔下方垂掛過肩膀。紅色不只是血的顏色以及象徵，也代表煉金術的火焰，能將基本構造（原始的黑色物體）轉化成更高級結構的純金，因此它所描繪與這張牌有關聯的是意識中的重大改變，舊秩序的死亡會帶來新生。只有放下過往思考模式、個人特質以及生活型態，才有辦法打開通往更好的思考與生活方式的道路。

死神以打贏勝仗的姿態經過山丘。太陽自山丘上兩座高塔之間升起，象徵在夜晚的黑暗與恐懼過後，新的黎明將到來。

逆位

停滯、留戀過去、充滿恐懼並且抗拒改變。失去、個人的失敗、混亂以及災難。

牌卡意義

　　運用自我控制、穩健、耐心以及圓融來處理各種狀況。讓心
靈的力量平衡、和諧然後運用在物質生活上。成熟、合群以及圓
融。

牌面象徵

　　節制的擬人化表現為一個站在黑紅背景前，有著翅膀、服飾華麗的天使，貓頭鷹般的羽毛包覆著她的身體，兩側的棕色羽毛像是輔助翅膀，強大的飛翼從肩膀升起，上面的白色長羽毛垂下與天使平行，在這個圖案裡形成兩旁的柱子。翅膀與飛行的自由有關，代表著精神思考、向天堂接近的能力，而且羽毛象徵著冥想、信仰以及希望。

　　她黑色頭盔前方的黑色飾品比象徵力量牌的男人頭上飾品還大，它代表著更高品質的力量，包含透過意志力控制自我。頭盔裝飾著四個太陽圓盤，象徵她本性中擁有太陽養育大地的能量。被紅色幅紋的杯狀物包住的左耳，象徵能聽到更高層聲音的能力，即她的天耳通技巧。

　　節制是運用耐心，適度的思考、感覺和行動，為努力將低我淨化並且提升至高我的不朽煉金術士所信仰的教條。心靈與精神上的能量，是智力、決心、圓融以及純淨動機受到控制和引導的結果。

逆位

　　無法自我控制、沒有耐心、困惑、不安定。個人、事業以及會產生零散能量的精神事件中將產生衝突。

牌卡意義

　　過度著重於物質世界與生理愉悅，對於金錢與力量的渴望。活在恐懼、支配欲以及束縛中。這是對於個人以及事業方面的警告。毀滅性的力量、暴力以及不好的影響。

牌面象徵

　　蜷伏在慘白的滿月光芒下，惡魔張開蝙蝠般的翅膀，在他懷有惡意的眼光中，兩個人類彼此背對並被地獄的火海包圍，他們赤身裸體、脫下外形、彼此分離，變成無臉而且有著動物尾巴的類人動物，象徵著他們已經失去了自我認知，精神退回到人類存在之前的狀態。

　　惡魔以公羊形象出現，尖銳的角穿透頭顱皮膚長出來，角象徵著黑魔法對於力量以及能量的濫用。惡魔頭頂黑角與火紅雙眼中間是一個顛倒的五芒星，五芒星象徵人類，顛倒的五芒星象徵錯誤的想法、行為以及公然漠視精神法則運作。惡魔左邊倒過來的火炬是動盪、衝突、毀滅、混亂的燃燒火把，而非直立時應該照亮通往精神成長道路的火把。

　　惡魔象徵困境、暴力、遮蓋人們視覺的黑色幃幕，使人只注重物質層面而無法看到更高知識。換句話說，依據神秘學者觀點，惡魔代表著心靈的負面力量，我們每個人心中的陰影，又被稱作門檻的守護者，是通往更高知識入口的守衛。他代表所有內心隱藏的情慾以及恐懼，真誠的探索者在通過進階的心靈和精神發展之前必須勇敢地面對。

逆位

　　雖然看似軟弱、害怕、猶豫不決，還是會追尋能讓我們領悟並且從奴役中釋放出來的更高層力量。也可以指處理負面力量的進展。

牌卡意義

一個突然而且無法預見的崩潰、災難。一個人生命中意外的改變——通常被認為能讓人得到啟發和新的生活模式。也可以指一段艱難的戀愛關係、離婚、生意或事業失敗、巨大的財務損失。

牌面象徵

高塔被暴風雨所帶來的毀滅性海浪與閃電打到，同時火焰正在塔頂及其上方的窗戶跳躍。滿月在黑暗及混亂的天空中發出光芒，海鷗正飛離暴風雨。

高塔可以比擬成人類，上方的窗戶是人類觀察世界的心靈，塔頂是接收更高層精神訊息的能力。高塔也代表人類一直企圖建立物質建築來保護自己，避免惡劣天氣以及他人侵犯，利用物質的想法讓自己高於他人。燃燒的高塔描繪著失敗以及毀滅，闡明這個概念的愚笨，以象徵性觀點來說，它就是巴別塔。這張牌警告我們錯誤的安全感、錯誤的驕傲，也告訴我們要在天堂及地面之間建立連結，一個人必須使內心升華而不是藉由物質觀念或建築使自己高於他人。

這張牌代表一個人處於危機時刻。海浪打向高塔的基礎，象徵身體內在情感的崩潰；暴風雨雲環繞四周，描繪心理層面的亂流，黑色天空中的白色裂縫表示身心靈的情感之間缺乏整合。

閃電，就狹義觀點而言是天國火焰的毀滅形式，已經點燃高塔裡面的火（或是加速危機發生）；然而它也代表地球上更高力量的強大行動，可以喚起自己對於改變的需要；或者是某人的靈光一閃，當他在個人精神道路上筋疲力盡時，被賦予創造性的洞察力。

逆位

如同正位的意義，除了戀愛關係較不那麼艱難，通常不必要而且是自己造成的。它也可以指缺乏遠見、逃避改變，因此會一直處在被壓抑的情況。

牌卡意義

遠見、啟發、勇氣以及精神自我的教化。新希望的時期、對未來的樂觀看法、開闊的眼界和領悟——都可以是占星學的影響。身心的療癒、健康和幸福。

牌面象徵

　　一隻孔雀，美麗與不朽精神的象徵，停在一叢成熟的莓果樹上。牠頭頂上方以及兩座貧瘠峭壁的正中央，有一顆多色、含複雜幾何圖形的星星閃爍著。它的光芒為所有看著它的人帶來希望、信仰以及啟發。

　　星星是精神的象徵，耀眼光芒照亮圍繞的問題，它在黑暗範圍發出明亮光芒，正如我們的靈魂能夠克服世俗限制，表達其真實的精神本質。

　　星星代表美麗以及宇宙創造者的神聖智慧，而且被當成希望和啟發的根源。它們激發了秩序感，讓人們知道更高智慧的存在，提醒我們在地球上的短暫生命，將我們拉向一種超越當下理解的感覺，為那些瞥見內在更高精神訊息的人帶來希望。

　　星星傳達的訊息懷有持續性、存在的神聖目的。老祖母看著夜晚星空，知道她的孫子將會站在同樣的位置、看見同樣的複雜模式、有著相同的感覺，就像她現在做的一樣。數以萬計的航海者都是依靠天空中星星的固定位置，引導船航向遠方海岸。在耶穌誕生的描述中，閃耀之星指引三智者前往伯利恆。

　　星星的意義在於對這種精神狀態產生嚮往：你領悟了內在的宇宙光明，並且看到它與更偉大光明的連結，靈光一閃中，你與宇宙光明合而為一。在秘契主義，這叫做宇宙的意識，佛教稱作心靈的頓悟。

逆位

　　不快樂、喪失希望、有限的視野、懷疑、悲觀和失敗。也指心理觀點的問題或生理健康的問題。

牌卡意義

理想的破滅與恐懼創造了對安全感和成就感的強烈渴望。一個嚴酷而且危險的時刻、險惡的情況、欺騙,可能與心愛之人相關的問題。可以指神秘的力量、逐漸增加的敏感度以及想像力、強烈的夢想。

牌面象徵

　　月亮被描繪成有著人臉側面的上弦月，月盈逐漸朝向滿月並且增加影響力。它停留在象徵地球的綠色球體上，看起來像浮在一片三角形水晶上面。牌的底部，兩排柱子的間隔形成一條通路。

　　月亮離地球非常近，所以它的重力會影響人類狀態。當月亮越過地球上方時，地殼會隆起，海水潮汐就是因為月球重力的牽引。人類身體絕大部分由水組成，自然也會受到月亮循環的影響。當月亮逐漸變圓特別在滿月的影響下，受到壓抑的情感甚至包括暴力有時候會浮現。

　　月亮是地球的天然衛星而且在夜晚反射太陽的光芒。它在陰暗的地方所放射的微弱光線會引發幻覺，這點與想像力有關。月亮有時被認為冷酷、頑固，因為它沉思的力量使我們面對內心的恐懼以及夜晚的敵意。

　　月亮是潛意識精神、靈魂在身體內外的經驗、以及精神強度處於夢想狀態的象徵。它屬於沉思與情感的陰性原則，掌管並照亮黑夜。

逆位

　　思慮清楚、控制以及困難時刻過後的平靜。已經增加的心靈能力。可以克服誘惑、普通的問題以及小挫敗。

牌卡意義

　　溫暖、光明、愛以及個人或事業上的喜悅。滿足的時刻、從禁錮中獲得自由、成長、成就感以及成功。戀愛關係或婚姻中的幸福和真誠，親密和奉獻。

牌面象徵

　　一個微笑的太陽散發能量照射地球的四個角落，點綴著白色背景。我們可以完全看見太陽的笑臉，它表達了無窮盡力量中愛與引導的本質。

　　太陽白色的臉與「脖子」形成鑰匙孔的形狀，這個符號象徵著揭開快樂之愛。底部兩道光線象徵著意識（右邊）和潛意識（左邊）中間感動並影響我們的能量。牌面上方另外兩道光線以及其中的空隙，闡明頂輪的不同區域。

　　太陽自古以來扮演著滋養及維持大地的角色，供給大地無限的光明、溫暖以及無窮的能量；它在許多文化中被當做無窮盡光亮的根源，成為人們膜拜的焦點；它驅走寒冷以及夜晚的黑暗，照亮前方的道路。花草樹木對於太陽的吸收和反應產生唯美且多彩多姿的景觀。在探求成長和靈性的過程中，它照亮並且啟發了精神和靈魂。

　　太陽牌也代表煉金術中可以觀察到的轉化過程。原始的黑色物質被火紅的煤塊、橘色的火焰、煉金時的黃色光線轉化成純潔和明亮的白色光線。

逆位

　　不快樂、孤獨、沮喪，可能因為失去一段戀愛關係。不確定性、失敗、生意中的損失。特別注意，太陽的逆位涵義，包括從誠實的軟弱觀點到不真實的快樂感覺，要判定是何種不快樂，必須根據周圍的牌及對它們的解讀。

牌卡意義

　　意謂著從單純的個人觀點到了解宇宙影響力，這中間的改變，還有事件計畫中個人角色對宇宙意識的覺醒。這是一段贖罪、補償、解放以及療癒完成的時期。克服某個負面的處境，並且解決相關問題。

牌面象徵

當天使吹著小號宣告新一天到來時，橘色的太陽升高至一大片白雲之上。繡有十字標誌的旗幟掛在舉起的小號前端——一種崇高和欣喜精神的象徵。十字象徵天堂的力量進入世俗領域去創造平衡與和諧。十字的底部與山丘陰暗處融合，看似一塊墓地。

天空代表生命中嶄新生活方式或觀點的黎明，橘色太陽展現的活動力就像是新開始以及新理想的象徵，它穿過雲層的阻礙照亮了物質界，也加強了這裡居住者的心靈感應。

大天使加百列，神的預告者，是一個具有遠見、希望以及夢想的天使。聖經中，他向先知但以理（但以理書8：16；9：21）以及聖母瑪莉亞（路加福音1：19；26）報喜。他代表神所說的話，也是最後審判（帖撒羅尼迦前書4：16）中將靈魂帶往天國的吹號者。

花朵以及蘆葦在吹號者的腳下形成花束，花束芳香而且美麗，被當成愛與關心的標誌。花也是春天的象徵，有些文化風俗以及神秘學派在新年時會用花慶祝春天。春天預告著陸地動物以及花朵的甦醒，還有其他太陽系循環的開始。

逆位

理想破滅、隔離、就個人觀點而言的損失、擔心和恐懼、無法解決問題。延遲、失敗、有可能會失去世俗物品。

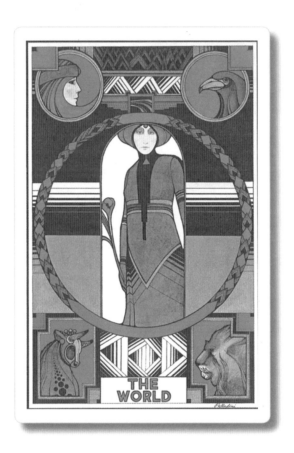

牌卡意義

　　成就、回饋、達到成功以及應得的肯定。這是一個擁有安全感、平靜、以及持續喜悅的時期。四種身體氣場跟自身的靈性調和。改變、旅行、變換位置、新家──都是值得慶祝的圓滿、成功以及釋放。

牌面象徵

環狀物中有個包著頭巾身，穿全長束腰外衣的女人，她站在裡頭的白色拱門前，右手拿著一朵花／權杖。

這個女人描繪著平靜、奉獻以及熟練的精神學識。她頭上包著的多層頭巾延伸到頂輪，前額以及喉嚨都裝飾著紅色珠寶，象徵著打開她的第三眼以及喉輪；她的衣服是接近深褐的橄欖色，上面有一道黑色的設計從領口延伸到海底輪；在她的太陽神經叢以及海底輪下方都有線條的編織。

環狀物之外，牌的四個角落分別是聖經中的獅子、公牛、天使以及老鷹（以西結書1：10；啟示錄4：7）。占星術裡牠們代表了四個固定星座：獅子座（火象）、金牛座（土象）、水瓶座（風象）以及天蠍座（水象）。獅子座指的是力量、勇氣、意志力以及「我是」的中心觀念；金牛座代表耐心、決心、穩定以及自然的生產力；水瓶座指的是智慧、直覺、獨立以及較低王國的神聖化；老鷹則包含了天蠍座最強的方面，像是堅強、足智多謀、豐收以及達到靈性追求的高峰。

逆位

沒有安全感、害怕改變、停滯、無法達成目標、失望以及後悔。一個人因為過度注重物質層面所造成的糾結和困惑。

牌卡意義

　　描繪已經達到高階意識的成熟問卜者，其創造性精神與開放心胸。是與更高精神接觸的時候了，跟隨著內心嚮導來做決定。也代表著到達了下個階段的宇宙意識，或宇宙力量插手問卜者的生活處境。

牌面象徵

　　一個年輕人走在高深力量所產生的白色光線下，看著遠方的目標。他似乎處在一種內在景象中，相信並跟隨著內心的嚮導。

　　他帶著一頂橘色有羽飾的貝雷帽，帽子超出頭的週圍，象徵著精神延伸，溫暖的顏色代表他頂輪區域的劇烈活動力。

　　一個四方形、三個三角形以及圓形寶石組成的華麗珠寶別在帽子上，三角形代表愛、智慧以及能量的三位一體力量；盤狀物呈圓形，代表占星術的太陽符號，圓圈中心的通道似乎通往愚者左耳，象徵著非物質聽覺的能力或是天耳通。

　　右肩上冒著新芽的棍子，象徵著他與本性和成長中的靈性之間的關聯；右手的白玫瑰花代表放手生命中被小我拘束的事情而達到的靈魂純潔。

　　數字22指的是完整循環以及所得智慧的實際運用。就靈數學而言，22是大師數字中的一個（11、22、33、44），通常不會在計算時被簡化（例如，22=2+2=4）。

逆位

　　一個人已經達到更高階的意識，然而也變得不平衡，在某些情況下失去了與物質真實的接觸。也指著誤用更高階的學識，並且本能地決定防衛，可能傷害到自己以及別人。

第六章
小阿爾克納

詳盡說明權杖牌組、寶劍牌組、
聖杯牌組與錢幣牌組,共五十六
張小阿爾克納的牌面象徵、牌卡
意義,以及逆位意涵。

【權杖A】

牌面象徵

　　一根厚實的權杖盛開在許多弧線中，看起來像是從山頂望去一片綿延蜿蜒的山峰。權杖的生命力非常活躍，右端的枝幹已經開花，左端的亦含苞待放。

逆位

　　失敗的開端，計劃取消，遲延，每況愈下，失敗。苟延殘喘，衰退。

牌卡意義

　　諸事之開端，不論是生意上的投資、創業，或是婚事、新生命的降臨等家庭狀況。可能將有一趟旅行、冒險、或是一項傳承。盛開的花代表著創造力、活力、創新、健全心靈與領悟等。

【權杖二】

TWO OF RODS

牌面象徵

　　年輕男子眺望著遠方，彷彿望著未來，他的右手拿著一個粉紅色球體，左手握著一根開花的權杖，一左一右象徵著生活中現實生活與心靈境界的雙重性。他的肩膀上有個補釘，上面繡著交叉著的一朵粉紅玫塊和白合，也是呼應現實與心靈的雙重性。第二根權杖，代表著心靈支持，在這年輕男子觸手可及的地方。

逆位

　　訝異，懷疑，困惑。面對考驗，失去興緻，無法明辨，失去方向。可能對未來抱著困惑與恐懼。

牌卡意義

　　成熟、現有成就、財富及權力被悲傷與失敗感覺所衝擊，身心可能正在遭受艱熬，該是下定決心、鼓起勇氣去行動的時候了。或指靈視。

牌面象徵

一個男子站在三根開花的權杖之間，獨自眺望遠方，好像等待某人到來，權杖似乎自一塊陰暗彎曲的地方冒出來的。他帶著一頂鑲著許多紅寶石的帽子，身穿一席長袍。長袍背面有許多看來像是教堂窗戶形狀的拱形。

逆位

艱難之事的結束，困惑與沮喪的終結。也可以指無益的協助或不良的忠告。

牌卡意義

尋求心靈力量、實質的知識，心力，才能和進取心。用來譬喻事業的合作、合併或是協商等將出現利因。眺望指的是實現希望。

【權杖四】

FOUR OF RODS

牌面象徵

　　一座城堡座落在二座山脈中間的遠方山頂。通往城堡入口的大門為四根開著花的權杖，最外側二根還垂吊著花環。一座堅固的橋橫跨城堡壕溝，象徵著平和與安定的到來。

逆位

　　和正位意涵差不多，唯程度上或是時間點可能較不如正位。可能家中會有一些動亂，需要盡力維持現有的安定。

牌卡意義

　　工作的辛勞與成就得到回饋，不論物質、情感或心靈上都將獲得讚賞，可謂成功之意。平和與欣欣向榮將到來。事情圓滿達成後，和諧的家庭氣氛又將圍繞著。

牌面象徵

　　四位帶著權杖的年輕人分別看著不同方向，似乎有些混亂，但他們都沒有望向第五根垂直立著的權杖。其中三個人包著頭、穿著高領服裝，只有站得最高的那位年輕人頭上並沒有包東西，頸子也露了出來，額頭上還綁著特殊標幟的帶子蓋住了頂輪。

逆位

　　抗爭，紊亂，一些法律或契約上的問題。有時也象徵混亂與糾紛的結局。

牌卡意義

　　壓力，困惑，混亂。競爭，在工作上想得到認可或是財務上的回饋，不論是投機行為或個人的一些提案。有時指工作上的進展。

【權杖六】

SIX ᴏғ RODS

牌面象徵

　　一個女人態度傲慢的騎在一匹精心裝飾的馬兒上，路經一排權杖，權杖東搖西晃的，彷彿正有一隊勝利遊行的隊伍撼動著它們。女人右手拿著一根上方鑲著桂冠花環的權杖，代表著成功與成就。

逆位

　　無期限的遲延，失落，挫折，不實的希望、勝利與自尊。易受傷害，對失敗的恐懼，背叛等。

牌卡意義

　　重要事件的完成，由此得到成就感與榮譽。經歷千辛萬苦，事情終於完美結束，大獲全勝。心靈調和會讓希望逐一實現。也代表將有好消息。

牌面象徵

一個男人站在高地上，防禦性地在胸前拿著一根有兩個花苞的權杖。他身穿一襲深色長袍，戴著手套，頭上頂著布帽子，帽子右邊還鼓了一塊。另外六根權杖就在下方，像是正要侵入他的地盤又好像被他守護著。

逆位

猜疑，畏懼，恐慌，或是困惑。被事情壓得喘不過氣來，脆弱易受傷害，繼而想要放棄。需要決策或勇氣的支持。

牌卡意義

生意上，事業上，或是為了原則性問題而意見相左、爭論。但內在的力量，勇氣，或決心，會幫助消彌這些擾人的事並有好結果。立場穩固而不偏離自身的原則。

【權杖八】

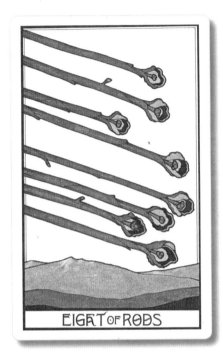

EIGRT OF RODS

牌面象徵

八根指向地面的開花權杖飛越過寬闊天空。乾淨的天際襯映著那些代表內心思緒的權杖，它們無阻而自由地飛行著。牌面上看不到權杖的根部，似乎代表著飛行方向已經確定。

逆位

緩慢的運行，遲延或是取消。妒忌，家庭不睦。因靈性成長不如預期而急躁。

牌卡意義

成長，快速地朝著預期目標前行，期望能快速看到成就。可以指愛情上將出現另一半，或將有趟公事或私人旅行。另一方面，也代表精神上的旅途，或是一個突然的大躍進將順勢而行。

NINE OF RODS

牌面象徵

年輕男子目不轉睛的直視前方，守著面前八根直立權杖，第九根就握在他手中。權杖代表他的內心力量會一直持續並協助克服各種逆境。他的穿著多層且溫暖，頭上帶頂由咖啡色小石子裝飾的白帽。

逆位

困境，艱難，痛苦，不幸，疾病。困惑，準備不足，無防禦能力。

牌卡意義

一個人專注的，保有警覺心的準備好抵抗外來挑戰。因為要面對並抵抗外在困境，一種潛在的力量與堅毅不撓的精神由此而生。或許其間會有不順，但成功指日可待。代表一種內心信念。

【權杖十】

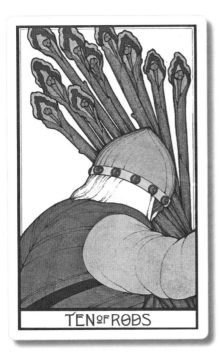

TEN ᴼꜰ RODS

牌面象徵

　　強壯的男子一口氣拿著
十根權杖，既沉重又是個負
擔。他投入並堅持著工作。
男子身穿米色衣服外搭背
心，頭上戴頂裝飾著環釦的
頭盔，頭盔後頭的白布垂至
肩膀。

逆位

　　困境中又遇負面聲浪、背叛與損失。冷淡，漠視，困惑，誤
導與自毀前程。

牌卡意義

　　將碰到一件讓人感到負擔的工作。承受著極大壓力，身處逆
勢或無法感到滿足，心中懷著罪惡感與懊悔。只要能不屈不撓的
排除當中各種障礙，目標的達成與成功將指日可待。

PAGE of RODS

牌面象徵

一位侍者從香莆花叢中走來。他看著地面,好像在注視或小心翼翼觀察著正在走的那條路。他戴著一頂帽緣寬大的米色帽子,上面有支朝天的薰衣草,肩上則披了條米色圍巾。

逆位

對小孩的掛慮。因不忠實或無良好決策而導致的變動。可指壞消息或是一些閒言閒語。

牌卡意義

意指心靈脫俗、忠誠且誠心的年輕男孩或女孩。也可以指承襲家族智慧成長的幼童。可能是一位忠誠的朋友或另一半。代表將有人帶著好消息到來。

【權杖騎士】

KNIGHT OF RODS

牌面象徵

一位騎士騎著馬，左肩架著一根開著花的權杖。羽毛狀的飾物像烏雲般頂在頭盔上，象徵著他走後引起的騷亂。打開的面罩意謂現值休兵狀態。他的手套上有個箭型飾物，箭頭指向旅途的方向。

逆位

雖值青春年華，然而卻自私自利，又缺乏衝勁。代表著無能，沮喪，失和，衝突，或是親友關係決裂。

牌卡意義

一個長相不凡的年輕男子，既面善又精神充沛，神情堅定地依著直覺朝心理目標邁進。有時可指他經過後引起的波瀾。意謂事情可能會持續進行，將有趟旅行或遷徙。

牌面象徵

王后身穿簡單的粉色長袍，面向前方，長髮結成辮子垂在右肩，右手邊有根開著花的權杖，左手邊則是支部分已結子的向日葵。這象徵著她的心靈，亦代表著與大自然的深層關聯。

逆位

一個女人既自私，又不值得信任，她對金錢方面總是苛薄且想掌有操控權。可指對立，妒忌，欺騙與不忠。

牌卡意義

一個女子個性溫和且長相不俗，不論對誰總是和善並付予關愛，對家庭也盡心盡力。她象徵著誠信，忠誠，聖潔，耐心，心靈，和對自然的關愛。也可指在生意上，或是財務方面的成就。

【權杖國王】

KING OF RODS

牌面象徵

　　一位尊貴的國王將權杖放置於前方。那是根開著花的權杖，上面還有二個花苞，彷彿意謂著事情的開端，也代表著源源不斷的有效心靈資源。他戴著羽翼狀頭盔，前方的圓型銀飾正好蓋在頂輪上方，飛禽狀造型的頭盔代表著眾神的信差——麥丘里。

逆位

　　擁有嚴謹、嚴肅、嚴厲的人格特質，卻也忠誠，有包容心，甚或是個忠告者。另一方面，也可指對立與衝突。

牌卡意義

　　一個人誠實，忠誠，不論對誰總是和顏悅色、一視同仁，是個心靈成熟，擁有高尚情操與高度智慧的人。他象徵一些良好的本質，如忠誠、公平與心靈力量等。也意謂生存的延續。

【寶劍A】

牌面象徵

一把深入地面的雙刃劍,兩側各開了一朵白玫瑰,華麗的環狀劍柄鑲著暗色寶石,似乎襯托著一股深褐色的氣氛,以及滿佈烏雲的天空。

逆位

過分使用這股力量將造成虛弱,疑惑,混亂及自我毀滅。極端的慾望與野心。

牌卡意義

繼起的強大威力與英勇鬥爭,透露了戰勝訊息。力量,行動力,強大威力以及致勝的決心,或許會伴隨著極端及辱罵。意謂著因愛或恨而激起的戰勝。

【寶劍二】

TWO OF SWORDS

牌面象徵

　　一名蒙眼的年輕女子裸身站立著，手持雙劍在胸前交叉，象徵著她所做的選擇。她前方的路被巨石阻擋，一頭長髮隨風飄逸，在微微露出日光的烏雲下，看似消極。

逆位

　　困境的結束。要注意有可能作出錯誤的決定。虛假，不貞，欺騙，與詭計。

牌卡意義

　　決定的時刻，暴風雨前的寧靜。無行動力，缺乏清晰及決斷能力。意謂著屈於權威的命令，或盲目跟從已制定的模式。

牌面象徵

　　一顆心在巨石上方懸空漂浮，這顆心被三把劍自前方刺穿，暴風雨的烏雲在心上頭集結著。

逆位

　　騷動，混亂，六神無主及沮喪。暗示因無法忘懷過去而造成的痛苦。

牌卡意義

　　失望，苦惱，憂傷，情緒上的劇變。爭吵，不和諧，分離，缺席。人際關係的疏離，因失去而造成精神上的痛苦。可表示跨越情感選擇了心智控制與權利。

【寶劍四】

牌面象徵

　　全身穿著盔甲的騎士雙手合抱躺在淺藍色平台上。教堂樣式的拱形窗戶上有三個球形朝著天空開啟。三把箭懸掛在騎士上方，第四把平放在平台邊上。

逆位

　　不協調，坐立不安與延遲。持續著束手無策的緊張姿態。需要有智慧的決定及謹慎的行動。

牌卡意義

　　孤獨，休息，再次評估，恢復。自緊張情勢中短暫抽離以得到內心力量，重整思維及制定新計畫。亦可解釋為自外部世界抽離以便尋求內心的引導。

牌面象徵

　　帶著頭盔的男子收集著戰役後殘留的劍。他的右手握住一把，有二把放在左肩上。剩餘的兩把交叉著橫放在前方巨石上，象徵著複雜的選擇或錯誤決定。遠處有兩個人正步行離去。

逆位

　　困惑，虛弱，容易受傷。無法釋懷過去的錯誤，難過，悲傷。惡運終將導致失敗及毀滅。

牌卡意義

　　損失，挫折，破壞，不名譽。自私及強硬手段雖獲得暫時勝利，最終將結束於自我毀滅及羞辱。同時也指出一個無法避免的威脅，必須謹慎小心。

【寶劍六】

牌面象徵

戴頭盔的男子面向灰色山丘，站在像是維京船的小船上，用翼狀船槳划向岸邊。船槳的形狀像是隻鶴鶉，船板則被六把劍刺穿。他划越不平穩的水面向前方的平靜水域前行。遙遠的天際，有一處雲朵是散開的。

逆位

懸而未決導致的沮喪與不安。困於一個沒有明顯解答的艱難情勢。計畫或旅程的耽擱與延期。

牌卡意義

將出現解決方案以利事情進行。挫折及焦慮減輕，成功。縱使方向尚未明朗，棘手情勢仍出現一道曙光。將有一趟水路行程或旅行。

牌面象徵

一名男子拾起五把劍卻遺漏了右方兩把，代表工作上的疏忽。他低著頭行走，注視著地面而不是向前看著山丘，似乎感到疲憊或氣餒。

逆位

過去的錯誤阻礙了計畫的成功。對指導，提議，忠告有高度的領悟力——如果能尋求到的話。

牌卡意義

計畫，希望及偉大的期待被不完善的準備、不充分的努力及不當執行所抵消。缺乏良知，方向錯誤及壞運。

【寶劍八】

EIGHT OF SWORDS

牌面象徵

　　一個女人雙眼被矇住，低著頭無奈的站著。她的手臂與身體被粗繩從中央繞了三圈綑綁著，森林中佈滿被劍插入的岩石，身陷這樣的環境中，象徵著她對自己或他人的負面看法，無法看清或無能為力。

逆位

　　對立，鬥爭，焦慮，想從困境中掙脫。可視為始料未及的事件或無法預測的悲劇。

牌卡意義

　　無法從困境中逃脫。被不安全感及恐懼所綑綁限制。先前的失意，挫敗及蒙羞造成了心靈上的悲傷。批評，中傷，控制及統治。

牌面象徵

　　一名女子靠在像是棺材的物品上，絕望的用雙手遮住臉。九把橫臥的劍懸吊空中，弧形符號圍成了像迷宮的東西，在視線範圍內延展著。她的頭髮梳成辮子，衣服下擺有著巨大水晶圖樣。

逆位

　　不確定，疑惑，懷疑，有原因的恐懼。希望求得解決，需要一種信仰力量及一段時間平復。

牌卡意義

　　對重大的事件優柔寡斷，猶豫不決，延遲，失敗。失望，喪失自尊。心靈上的痛苦，擾夢，孤獨，絕望，沮喪，憂傷。有時用來代表極差的健康狀況或死亡。

【寶劍十】

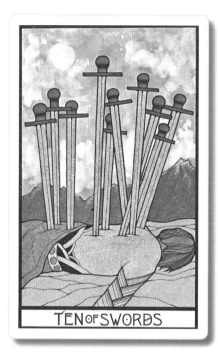

TEN OF SWORDS

牌面象徵

男子俯臥在乾燥的石板上，十把劍沿著脊椎刺穿他，暗示著舊思維的改革。他面向遠方貧瘠的山丘，下半身被一塊布覆蓋，露出一截弧形圖樣的腰帶，右手臂上有著水晶似的圖樣。

逆位

苦難的結束，通往成功的時期。象徵自苦惱中解脫的短暫好處及錯誤認知。

牌卡意義

憂慮，突如其來的噩運，挫折，毀滅。憂傷，心靈上的痛苦，沮喪。臀部的刺擊代表解開過去遺留的影響並開啟一條全新道路。不代表著因外力導致的死亡。

牌面象徵

一名侍者，穿戴著柔軟頭套，向前凝望猶如注視某物，或是失去了思緒。他的右手臂及肩膀都有水晶圖樣，一把大而樸素的劍放妥在他身旁。劍就像他的思緒一樣，雖活躍且汲汲營營，然而卻毫無歷練，迄今尚未標記著任何經歷或榮耀。

逆位

一個奸詐且心懷惡意的年輕人可能會導致極大的紛擾。無法預知的困難，危險或是疾病。

牌卡意義

一個有著警戒及好奇心的男孩或女孩，生性活躍且謹慎好學，然而當他／她追尋權力時卻可能固執無情。可指一個人致力於秘密行動。侍者的出現暗示著必須謹慎及自我防禦。

【寶劍騎士】

KNIGHT of SWORDS

牌面象徵

　　騎士在左肩放著一把極寬的劍，劍身靠近劍柄的地方刻鏤著簡單圖樣，標記著騎士的經歷。頭盔邊緣裝飾著三角形圖樣，被褐色針織粗繩繞經下巴固定著。

逆位

　　一個年輕男子極端，衝動，以自我為中心，不切實際亦無才能。困窘，衝突，毀滅。

牌卡意義

　　一個具有才智、聰明及行動力的年輕人，可能傲慢衝動，甚至威嚇不擇手段以達成自己的目標。根據周圍牌卡不同，可能指示衝突及破壞。

牌面象徵

　　王后戴著裝飾簡單的皇冠，身穿高領紡紗長袍，面向前方。喉輪上的高領設計特別引人注目。她的褐色長髮飄逸著，似乎圍住胸前那把有著華麗裝飾的劍，表示她的情感防禦。劍柄上有五朵綻開的玫瑰。牌的右下角有幾列弧形圖樣。

逆位

　　一名偏執，跋扈，復仇心強且思想膚淺的女人。可以指懷恨，有敵意，仇恨及欺騙。

牌卡意義

　　一名有著極高智慧、強壯而獨立的女人，處事上可能精明固執；也可能是一位嚴格而謹慎的憂傷女人。可代表貧窮，無益，損失，分離，守寡。

【寶劍國王】

KING OF SWORDS

牌面象徵

　　戴著羽毛頭盔的國王緊握著他的劍，好像已經準備開始行動。這把劍的底部兩側有黑色拱形圖樣，表示著豐富的戰場經驗。金屬頭盔在頂輪處開啟，表示他對更高智慧的領受力。持劍的手臂上有枚皇室勳章，象徵著他的權威

逆位

　　一個燦爛詭譎的男子無視他人，尋找著自己的權力與權威。可視作危險，倔強，殘忍，暴力的警示。

牌卡意義

　　一名威風凜凜，有著領袖風範的英勇男子，他的判斷力可能嚴厲且毫無感情。可描述一個參事，指揮軍官，審判者，政客。代表著可靠的忠告，決心，生產力及謹慎。

【聖杯A】

牌面象徵

　　一個聖杯靜止在滿是睡蓮的池塘中，睡蓮自泥中生長到水面上，杯上有著三角形水晶裝飾，火紅的太陽自杯中升起，光線充斥了整個天空。

逆位

　　虛假的愛，拒絕，愛情關係的結束，顛覆。孤獨，絕望，不穩定的情感，停滯。

牌卡意義

　　各方面的完滿，滿足，快樂，煥然一新，完美，具生產力。繁衍，誕生，愛苗的滋生，自我的重生。心靈上的啟蒙，身心靈的和諧，歡樂。

【聖杯二】

牌面象徵

　　一對年輕男女面對面以高腳杯互相敬酒。當女子直視男子眼睛時，後者的眼神往下凝視著。男子的手套設計得比女子合手。一個裝飾物覆蓋著他的喉輪。她的頭髮和長袍合為一體。她似乎懷孕了，好似正舉杯為彼此的「結晶」而敬酒。

逆位

　　虛假的愛，缺乏承諾，不穩定，誤解。不和諧，分開，離婚。存在於友誼或事業上的衝突。

牌卡意義

　　愛，和諧，精神結合，承諾，訂婚，結婚。深厚的友誼，心靈的契合，尊敬，與了解。合作協力，合作關係，在商場上分享好的見解。

牌面象徵

三位年輕女士站在巨大的黃花前，像是太陽從後方升起庇護著她們。她們以左手舉杯相互敬酒。中央有著華麗裝飾的杯子是統一的象徵，她們以杯碰杯互慶著，似乎因為事情的完成才有現在歡樂的場景。

逆位

放縱，滿足於缺乏愛的感官或性的歡樂。可表示放棄或草率解決問題。

牌卡意義

成功與快樂，完美，滿足，豐收，願望的實現。解決一個既有的困難而減輕了焦慮，舒適，及康復。歡樂，慶祝盛宴，好運，好時機。

【聖杯四】

牌面象徵

　　一名將斗篷拉高到臉部的年輕人坐在樹下。他似乎看著這個空間而未注意前方的三只聖杯。一隻手從雲朵中伸出來給了他第四只聖杯，但他似乎不予理會。

逆位

　　嶄新及可能不尋常的機會，新的關係。覺醒，重燃鬥志，新的目標。

牌卡意義

　　未感到實現，不快樂，疲累，厭倦及無行動力。對事件的狀況及走向感到不滿意。渴望改變，卻無法看到或領悟新的機會點。

牌面象徵

　　一個沮喪的人低頭看著散落的三只聖杯，另外兩只完整的聖杯則直立在他身後。他的斗篷與衣服一樣為暗褐色並有著水晶圖樣。沼地上的草被風吹打著，海鷗在空中盤旋。

逆位

　　力量及希望重新燃起，新的見解，看重他人的祝福。朋友、關係或新的聯盟，其回歸帶來的希望。

牌卡意義

　　悲傷，寂寞，沮喪，罪惡，或遺憾。願望未實現。對一種關係或是傳承的失望，挫折。只注意到生活空虛，排斥生活上的快樂，忽視已擁有的東西。

【聖杯六】

SIX OF CUPS

牌面象徵

年輕的男孩與女孩，穿著相同的素色斗篷但是戴著不同的帽子，享受著木製聖杯中玫瑰花束所散發的香味。他們的下方另有五只聖杯放著各種不同花朵，中間那個有著四朵茂盛的蓮花。

逆位

活在過去，逃避目前的現實生活，失去對未來的希望。延遲，停滯。害怕改變，不安全感，不成熟。

牌卡意義

過去對現今生活有著正面的影響。創造新的環境，建立新的關係，體驗新的學習。過去的快樂記憶。與老朋友見面。

SEVEN OF CUPS

牌面象徵

七只聖杯排成像是金字塔的形狀，裝著不同的圖樣象徵：水果和蝴蝶；一條眼鏡蛇；一道彩虹；一顆伸出來的頭；一朵盛開的花；一隻手握住剛開放的鬱金香；和一頂生命線直達天際的頭盔。

逆位

目標的達成，計畫的實現。強烈的欲望，透徹的眼光，支配的能量，和帶來成功的決心。

牌卡意義

指示著強烈的欲望，活潑的想像力，認真的探討，但散亂能量及不切實際的想法導致了困境。無法做決定，除非專注於單一目標並有著意志力，否則成就將受到限制。

【聖杯八】

牌面象徵

　　一個身著樸素褐色斗篷的孤獨身影，在水邊像是要依賴著他的手杖向右方流入大地。赤色的峭壁自對岸左方的灰暗土地後方上升，表示著前方有光明的日子。微亮的弦月高掛在空洞的天上。

逆位

　　情感上進入且變成糾結的狀態。以世俗的喜樂慶賀心靈的追求。

牌卡意義

　　自不愉快的情勢中撤退，拒絕，情感的抽離。感情上的孤獨。事件的衰落可能導致問卜者必須持續向更重要的事情邁進。為發現生存的更高層面而進行心靈探索旅程。

牌面象徵

　　強壯而留有鬍鬚的男子站在一個白色三角形背景前，那上頭有九只聖杯分置四層。他戴著橘色貝雷帽，代表頂輪內富有的能量。一個紅色環狀物襯托著他的喉輪，這個吃飯、喝酒、談話或大笑的活躍區域。

逆位

　　好的意圖，但計畫及行動中的錯誤產生了問題。可以指過度的飲酒享樂。

牌卡意義

　　滿足，快樂，希望實現。身體的，感情上的，及心靈上的安樂。成就，成功及確定的未來。慶賀著勝利，與朋友的享樂。可描述為快樂，享受人生的良好本性的人。

【聖杯十】

TEN OF CUPS

牌面象徵

一對情侶擁抱著互視對方，專注到似乎要看透彼此雙眼。一個用玫瑰裝飾的銀環牢繫著她的馬尾。十只聖杯在兩人上方懸浮著，彩虹自中間最大的聖杯升起。他們頭上有著水晶狀及聖杯構成的心形背景。這是張代表愛的牌。

逆位

在家裡及社會生活的問題，缺乏成就感，爭吵，挫折，發怒，及罪惡感。也可意指錯誤的愛情與迷戀。

牌卡意義

圓滿，完美，知足，充滿愛的生命帶來了實現與喜樂。快樂的家庭生活，溫暖的家，好朋友及心靈渴望的領悟。經歷許多過去的艱苦後得到成功與安全。

牌面象徵

　　一名侍者看著一尾由聖杯升起的魚，象徵生活中意識層面反應了心靈層面。這個人臉上有著敏感及反省的表情，帽頂有片浪花似的羽毛，下面垂吊著一條長紅布，身後栽種著兩朵紅色的鬱金香。

逆位

　　一個有著迷人個性及想像力的人，但卻不夠成熟，會帶來麻煩、阻礙、欺騙；在發明時或商業計畫中錯失了機會。

牌卡意義

　　可能會有一個溫暖，富有思想的年輕男子或女子給予幫助。一個安靜、敏感及情緒化的男孩或女孩的創造力開始發展。可意指一項發明或商業計畫的開始，或孩子的誕生。

【聖杯騎士】

KNIGHT OF CUPS

牌面象徵

　　一個騎士靈敏的騎乘馬匹，他面前展現著一只聖杯，背後則有一對鬱金香。銀翼頭盔上開啟的面罩讓前方視野一覽無遺。他斗篷的肩上有個小臂章。

逆位

　　一個不可靠的人有著情緒化及過度幻想的問題。另指敵對，欺騙，詐欺。

牌卡意義

　　一個具創造力及智慧的年輕人，擁有自信且不斷前進著。可表示接受一項邀請或建議。新開始機會的到來，到達目的地及進展。

牌面象徵

美麗的王后看著膝蓋上的聖杯，好像在尋求夢想。杯緣有著特殊設計，底座裝飾著粉紅玫塊，她的王冠有著尖頂，薰衣草色的珠寶在頂輪前方，王冠後的垂簾則有著閃電形狀設計。

逆位

一個愛慕虛榮，極度情緒化的女人，行事皆有目的，不可靠或不值得信賴。意謂不誠實或不道德。

牌卡意義

一位親切慈愛的女性，有著堅強天性及高度直覺，並且實際地運用其洞察天分。一位溫暖、溫和的女性，盡到為人妻，為人母的責任。代表著愛的享有，愉快的婚姻，視野與成功。

【聖杯國王】

KING of CUPS

牌面象徵

　　國王坐在紅色寶座上，身後有片寬廣的天空和許多鋸齒狀山峰。他的右手緊握華麗的聖杯，左手則握著權杖，代表權威所展現的責任感及成熟情感。他的王冠是一個白色無邊帽，上方套一個釘有飾品的紫色帽子。頸上的粉紅色大緞帶上有個吉祥物，那是他唯一的珠寶。

逆位

　　一個人不誠實且不屈服於他所尋求的權力。可意指為洞察力的濫用，不公正，毀滅。

牌卡意義

　　一個強壯、負責任、莊嚴的男子。在藝術，科學，法律或商業上具有權威性。一個仁慈、大方而具直覺力的男人會提供有利的忠告。可描述為成功的應用實力與洞察力。

四、錢幣牌組

牌面象徵

一個紅色圓盤有著錢幣浮雕，在茂盛華麗的葉片中被一對金色花朵支撐在高處，芽胞自其中一枝莖梗長出。黯淡的藍天有著陣陣吹過的白雲，這典型的組合構成了自然世界的景象。

逆位

對於財富的不當態度，貪婪，貪污。安全感的錯覺，財務計畫上的失敗。

牌卡意義

肉體及心靈的繁榮，財富，安逸，典雅，幸福，安樂。金錢方面的成功，有利可圖的計畫和投資，代表著好運來臨。亦可以指將收到一份通知，文件或學位。

【錢幣二】

牌面象徵

　　一個變戲法的年輕人，穿著簡單裝備，站在翻滾的浪濤前。他一面調整著有二枚錢幣的雙絞線，一面注視著左方那枚錢幣。他的帽子是象徵著老戲法師的帽子，額頭上的黑色帶子露出了他的頭罩。

逆位

　　在某個情勢中無法解決因對立而產生的失衡與失和。不真實的享樂。

牌卡意義

　　過渡時期的和諧與和睦。成功處理複雜的雙重情勢，像是個人及事業生活的協調。表示著滿足與快樂，但對未來須做調整以克服障礙及騷亂。

【錢幣三】

牌面象徵

　　一個穿著皮背心的學徒，在教堂中勤勉地處理雕刻品。三枚錢幣置在三根圓柱上的窗戶頂端。年輕人捲起了衣袖，頭上帽子的顏色與大小跟錢幣相似。

逆位

　　對工作漠不關心，未完全發揮潛能。不成熟、缺乏方向及安全感。

牌卡意義

　　擁有且善用創作天賦，決定著一個人的職業，藝術家，工藝師，或其他專技人士。漸漸得到報償，以及物質與心靈上的回饋。可意指為成熟、自信及安全。

【錢幣四】

牌面象徵

　　牌面上長髮的年輕人綁著頭巾，穿著高領衣。一枚錢幣看起來像自頂輪升起，強調他著重有形的財富及權力，而非內在知識。另有三枚錢幣覆蓋著心輪即感覺中心還有雙手。黑影看似從身後向前侵犯他。

逆位

　　財務事件的困難及延緩讓人失去了安全感。野心受阻。也可指有形資產喪失的可能性。

牌卡意義

　　安全感及個人特質建立在有形財產的基礎上。對財富與權力的渴望，具佔有慾。可表達獲利的能力，或有贈禮及繼承物的可能性。

FIVE ᴼᶠ PENTACLES

牌面象徵

　　一對孤獨的情侶從五枚錢幣排列成十字形的教堂窗戶前走過。女子拿著一根步行手杖，象徵著肉體的苦難，頭罩垂蓋著她整個頭部。男子穿著冬衣，窗台上覆蓋著雪，說明了環境的險惡。

逆位

　　生活上因個人問題造成的不和睦情勢。過度揮霍，過分飲酒，無節制的生活。混亂，毀滅。

牌卡意義

　　因為物質造成的麻煩與衝突。可用資金的竭盡，貧窮。描述肉體上的苦難，寂寞和心靈匱乏，以及對庇護、安逸和心靈引領的需求。

【錢幣六】

牌面象徵

　　一個穿著優雅的人坐在桌前，觀察天秤上平衡著的錢幣。四枚星錢置於半空，其餘兩枚放置在桌上，代表心靈價值標準被實際應用於真實生活上。圓柱、頭巾及整齊的襯衫都是粉紅色，三者成為一體宛如一道清流，也象徵著流經頂輪的心靈能量。

逆位

　　對財富的過度慾望；貪婪，欺詐，及妒忌。對財務的不當處理，不健全的投資，負債。

牌卡意義

　　繁榮與舒適的時期，並慷慨地與他人分享；仁慈，博愛；商業上的成功，利益的公平分配；獲得額外的獎金或禮物。意謂一個人有著物質與精神平衡的生活

牌面象徵

一名年輕人專注凝視著灌木叢中的七枚錢幣，中間最大的那枚代表收割時期到來。他帽子上的三角形圖樣指向頂輪後方，由粗帶子牢牢地經由下巴固定著。戴著手套的手輕放在鵝頭狀手杖上，顯示在耐心等候時愛撫著一隻鳥的景象。

逆位

對金錢感到不安及焦慮。意指性急，缺乏努力及浪費時間。

牌卡意義

金錢方面的成功與即將到來的財務獎勵。表示足智多謀與努力工作將帶來成功。也表示財務上需要做決定，並鍛鍊耐心與毅力。

【錢幣八】

EIGRT of PENTACLES

牌面象徵

一個留著小鬍子的男子，戴著有釘飾的皮帽與工作裙在店裡工作著。他專心揮著木槌，三個小工具從口袋中露出來。八枚錢幣有著相同的尺寸與形狀，整齊的排列在對著天空開啟的大窗戶牆邊。

逆位

喪失野心的人沉悶做著苦力，失敗。工作品質不良卻要求更多報酬；或金錢借貸，貪心，貪婪。

牌卡意義

在工作、生意或是被委任的工作中運用創造力與專業技巧且表現良好。循序漸進，手頭工作即將完成。因完成一項計劃而得到財務回饋。

牌面象徵

一名女子抓著一隻白孔雀站在葡萄園中,她們眼睛對望好似互相崇拜著。順著這隻孔雀的長尾羽毛有著三枚錢幣,其餘六枚錢幣則裝飾著女子的斗篷。藤蔓上的葡萄已經成熟而且可以採收。

逆位

在笨拙的情勢中糾纏著。須注意欺詐,不誠實,盜竊。財務方面的不良判斷,不佳的投資,與計畫的取消。

牌卡意義

因遠見及聰明的使用資源,獲得成功及安全的財務。成就,滿足。個人感官上的滿足及享受自主利益的自由。

【錢幣十】

TEN OF PENTACLES

牌面象徵

一對夫妻帶著小孩站在高丘上的城堡入口處，觀看這座華麗安全的建築。男子的手臂環繞著女子，斗篷幾乎將她覆蓋住，小孩則從肩膀上向後望。八枚錢幣鑲在拱門上，另二枚如徽章般鑲在二旁柱子上，柱子下方各長出了一株植物。

逆位

因物質損失而導致的家庭問題——不當財務交易，賭博或偷竊。尊嚴，名聲，或繼承物的失去。

牌卡意義

收入的增加，財務方面的靈活運用，繁榮的時期，獲得財富，家庭與家人皆安全無虞而且喜樂。可以指因建全的家庭背景或繼承而身份尊貴或有健全的財務。

牌面象徵

　　一名侍者站在藍天白雲之下，望著手中錢幣似乎在思考什麼。他戴著軟圓帽，以繞著下巴的素色帶子固定。有一塊東西從帶子的左邊垂至右肩上，意謂著以左腦主宰的主體。

逆位

　　一個自我放縱、叛逆的年輕人，總是荒誕度日，揮霍無度。也指外在的對立局勢與壞消息。

牌卡意義

　　一個思想正經具學識的年輕人，做事認真勤奮。他有很強的求知欲，也能接受新點子，但有時會固執己見或吹毛求疵。也可指一個帶來消息、訊息與忠告的人。

【錢幣騎士】

KNIGHT OF PENTACLES

牌面象徵

身著盔甲的騎士在昏暗天色下騎著馬經過蜿蜒山巔。打開的面罩讓他能清楚地看清前方道路。頭盔上的橙色羽飾不停擺動著。一枚錢幣像徽章一樣在他肩上，而另一枚則在他頸前的護喉上。

逆位

一個人被動、閒散並死氣沉沉。沉寂，低迷與不景氣的時刻。可指氣餒或無心經營。

牌卡意義

一個勤奮工作的年輕人，懷有高尚的情操與美德。代表一個人能有耐心與效率的處理事情。也指著物質目標的達成，工作上理想的實現。

牌面象徵

　　莊嚴的王后注視著她放在膝上的那枚巨大錢幣。她外頭罩著一件剪裁合宜、滾粉紅色邊的貂毛外袍，頭上戴著翼型頭盔，頭盔後方延伸至肩部，並以桃色與黑色弧形裝飾著外緣。

逆位

　　一個可疑，私下與人勾結的女性，讓人無法有安全感。意謂破壞，不幸，沮喪，恐懼與惡運。

牌卡意義

　　一個充滿智慧，有高度領悟力的不凡女性。她為家庭盡心盡力，並活躍於公眾場合。這個不受限的女性象徵著財富、獨立、慷慨與莊嚴。也代表著力量與物質的健全。

KING of PENTACLES

【錢幣國王】

牌面象徵

　　國王向左前方凝視著，一枚龐然的錢幣出現在他前方。一隻被禁錮的公羊，牠的視線從國王右肩後方望過來，象徵著國王在做決策時力量受到束縛。他頭上的王室頭飾是用一種軟的材質製成，環狀頭飾上有個冠狀造型，上頭有著三顆紅寶石，最大的那顆正好位於第三眼上方。

逆位

　　一個人貪污並從事不正當的行為，軟弱，不忠且重視層面。要提防財務上的風險或詐欺情事。

牌卡意義

　　一位富有智慧而且心智成熟的人，性格英勇且卓越不凡，是個處處替人著想而且感性的夥伴。處理事情的技巧、智慧和下決策的能力，讓他在事業上有一番作為。代表著高度服從力，勇氣，擁有天賦，務實與物質上的成就。

第七章
直覺能力與塔羅牌的奧秘

本章節將舉錢幣六、塔、寶劍四為例，一一說明牌面給解讀者的訊息以及兩者如何連結，最後附上直覺意象彙集給讀者參考。

在塔羅牌解讀時，看圖解牌與心靈解牌的差異在於直覺訊息的構成。各種不同的感官交織，如隨意的聯想、視覺所及、直覺想法或其他洞察能力，都能激發解讀者意想不到的強大能量。這種能量會使他們更有能力，更精準的從牌中針對問卜者人生中幾個重要階段提供資訊。

在從事塔羅牌解讀時，可以試著用自身意願與欲望控制或左右直覺意象。你只要具有讓自己涉入解讀的意圖，並了解一個重點「我想知道得更多」。當你意圖針對某一特定事件做更深入的洞察並讓自己靜下心來準備接收時，你便往下一步邁進了。或者可以試著在內心問自己，例如「這怎麼會發生呢」等問題來控制接收。在更深層的情感（生理）面上，當你對某一事情想要了解更多，並讓自己保持開濶的心胸去接收資訊，這種欲望會提供更多你想知道的訊息。在解讀時，若無法持續接收心靈意象，或是想將注意力轉換到另一個目標，別忘了上面這些要領。

這種內心的自問自答模式，證明了與牌陣中的塔羅牌相互交流這種特有型式是有助益的。當你注視著塔羅牌，可以問幾個問題，像是「為何會有混亂（塔）的局面出現？」、「從中可以認知些什麼？」，或「這種新的情勢（聖杯二），對問卜者的事業或家庭會有什麼影響？」。當你注視著宮廷牌，可以試問與牌中人物相關的事情，像這個人物（權杖國王或其逆位）在感情方面是個怎麼樣的人？針對問卜者計劃重回大學校園這件事又反應出了什麼？

當你專注小阿爾克納的宮廷牌時，可以反應出問卜者的生活。舉例來說，你或許會看到問卜者栩栩如生或是象徵著他／她的一些影像，一種很常見的現象是，你接收到的意象和部分真實生活似乎不盡相同。舉例來說，你看到一個身穿軍服的男子，然而現實生活中他卻從沒當過軍人，就這個例子而言，其實說明的

是這個人在情感面是嚴謹的、生活中規中矩、對於內心感覺總試著隱藏而不表達等等這類意涵。

下列將提到一些例子，和提高塔羅牌學者／解讀者對所激發的訊息能更自然地反應有著直接關係。藉由這種方法，心靈自我會將相關訊息與解讀者的心智連結起來。

在第一個例子中，我將運用實際文字描述錢幣六，以幾個簡短句子詮釋這些意涵，並解釋如何從牌中看出這些相關意思。這將幫助塔羅牌初學者了解如何從眾多意涵中，運用直覺篩選與某一事件相關的意思。

第二個例子中會看到如何將塔的各部分轉化成與問卜著某件事相關的各種資訊。我會說明當第一眼看到一張牌時，會注意哪一部分，怎麼將它與所問之事聯結，不管是家庭、公事或社交生活。另外也會列出一些依據第一眼所看出來的衍生意涵。

而第三個例子中，會運用權杖四來解釋如何藉由牌中圖示來引發直覺。雖然這些想法可能和牌義無直接關係，但道出了問卜者工作上會遭遇的一些問題。

最後，我將提供一份「直覺意象彙集」，這個彙集是我在解讀一些牌時，從其他牌獲得的相關直覺。

特別注意：這些藉由塔羅牌所洞察的一些意涵或看法，並非通用或絕對，它們只是用來幫助大家活用既有的一套互動與洞察系統。

一、錢幣六

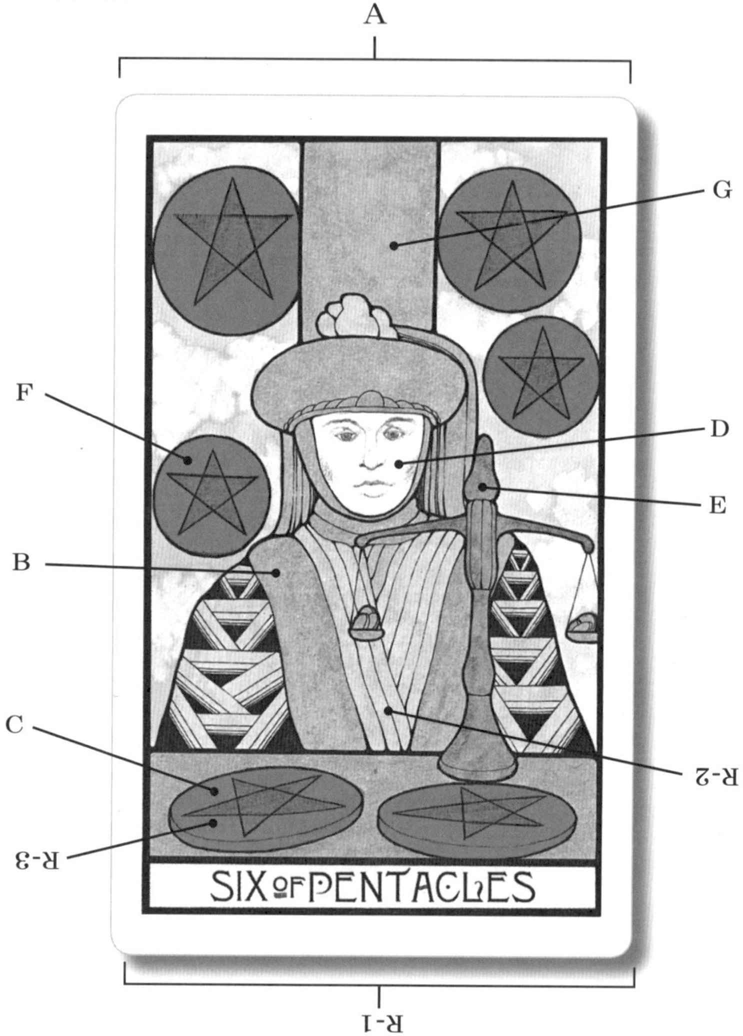

A

G

F

D

E

B

C

R-2

R-3

R-1

SIX of PENTACLES

A、繁盛時期：牌中人物被錢幣包圍著。

B、並且安逸：穿著精緻高雅的衣飾。

C、**慷慨大方、博愛精神**：桌上那兩枚錢幣彷彿要給看這卡片的人。

D、**人道主義**：牌中人物看著天平時，臉上似乎流露出一種關心人類而陷入沉思的神情。

E、**事業有成，利潤均分**：在天平上的錢幣代表著分攤的利潤。

F、**額外報酬或贈禮**：牌中人物的右肩有一枚小錢幣，看起來好像原本和上面那三枚在一起，卻單獨落在這個坐著的人物旁。

G、**物質與心靈重視的平衡**：這根粉色的柱狀物，彷彿直入帽內，像個粉紅瀑布般宣洩而下，與衣上的飾物合為一體。粉紅色的細緻衣飾像是中間皺折處的外圍般，從心輪處向下愈來愈窄直到海底輪，或是實際的身體部位。

逆位

R－1 **對金錢無法感到滿足；貪婪**：若將牌倒過來看，彷彿像上帝用手將一個瓶子倒過來搖晃直到裡面的東西都倒出來似的，好讓牌中人物的精神能回復集中，其實那人緊緊抓著桌面下，視線仍然離不開天平上的錢幣。

R－2 **妒忌與不實**：那股粉紅色能量，變成從藏在桌面下的海底輪發出，流經心臟後由圖的底端釋出。牌中人物的表情，就算賣假貨或假扮成藝術家，旁人都看不出什麼端倪。

R－3 **財務控管不當；不良的投資；債台高築**：和財務有關的圖像若是逆位，會有財務控管不當的想法。桌上二枚大錢幣，好像就要掉入天空中那四枚錢幣裡並從眼中消失。代表生活上就算再少額的銅板或一般日常花費，都會遭受損失。

二、塔

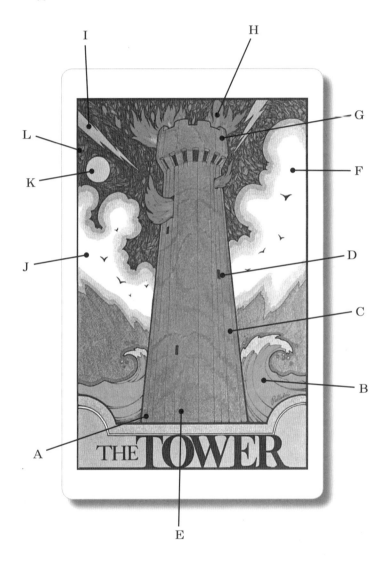

A、**塔的底部**：讓我聯想到家庭根基出了問題，並推想其中的關係是怎麼構成的，是否有什麼無意識下做的承諾導致了這些動亂。

B、**波浪**：襲捲而來的波浪讓我認知到，事件的根源來自情感不睦，而這種不睦又是被外界搧動而成的。

C、**高聳的塔身**：當我將視線放在這個建築的中間結構時，體認到問題重心集中在於生意或事業。

D、**窗戶**：當塔上的小窗進入思緒時，我覺得有個人躲在塔內，不能自己的鬱悶著。

E、**塔的結構**：我一般會認為塔用磚塊砌成，但當塔身出現木紋時，讓我想到三隻小豬的故事，以及這座建築其實是用木頭搭成，並不是那麼穩固。

F、**烏雲**：烏雲代表著重大變化。它們看來有可能正要接近塔身，「或是」正要遠離而雲淡風清。

G、**塔頂**：塔頂如冠狀的東西，象徵著問卜者正在思考難題。

H、**烈火**：火焰從塔內向窗戶竄出，意謂著火並非外在所引起。（或指難題）

I、**閃電**：閃電象徵著一切亂源，來自或歸咎於外在因素。如業力。

J、**飛鳥**：鳥兒代表遠離心靈指標，「或是」重返（實際上問卜者依循著靈性指引）。如果牠們正在躲暴風雨，那麼我會認為牠們並沒有長遠的觀察力來避免問題發生，並試著從險境中脫離。

K、**滿月**：滿月讓我注意到問卜者的情感生活或許遇到不順。大多時候粉色的月暈代表事情中的一些負面因素。

L、**天空**：雲層積捲的昏暗天空，讓我想到畫家梵谷，還有困擾著他的錯亂心智。

三、寶劍四

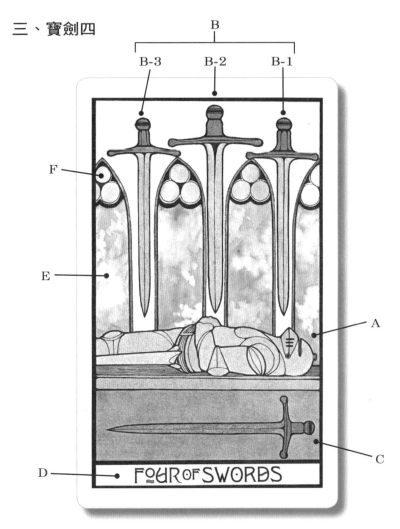

下面這些直覺敘述雖然和牌上圖樣相關，然而卻是引用之前一個例子，一個女人詢問有關工作的事情，這張寶劍四為塞爾特牌陣中的第一張牌（現況），而外圍的那些牌分別是錢幣與聖杯。

A、**問卜者潛在的護甲**：在工作時，你總會穿著防護衣或護甲，企圖掩飾內心的柔弱與人道，甚至對於做一個盡工職守的好員工感到喘不過氣來。你總是緊繃著無法卸下防備，深怕一不小心就受傷。在人生旅途中的某些時候，我們總會一直武裝自己以避免受到傷害，這是同樣的道理。

B、**懸空的三把寶劍**：有三個人在工作上帶給你極大壓力，精神上 —— 老闆（B-1）；心理上（B-2）—— 同事；性方面（B-3）——下屬。你只想把自己藏起來，而不是離開。

C、**水平的寶劍**：其實你有一樣武器就在觸手可及的地方，卻不敢去動它，這武器就是直率與剛硬。你害怕一旦伸手拿這武器時，會和那三個對你施加壓力的人正面衝突。

D、**數字四（和四把寶劍）**：你在工作上非常實際、務實。縱使有高度直覺，而且有能力將事情完成，你在工作上仍然習慣先在腦子裡衡量過，然後再系統地去執行。你正運用高度的思考、洞察力與敏感想要解決同事間一些問題，然而上述這些狀況條件，總是使你無法放鬆。

E、**昏暗，不祥的雲朵**：像在工作時不停的望向窗外，在你眼中，世界嚴厲且殘酷，你就像綠野仙蹤故事裡的錫鐵人一樣，遇到情感上（水／眼淚）的問題就感到恐懼，彷彿它們會傷了你一樣。

F、**當舖標誌**：你的恐懼大多來自於害怕一旦離開或是露出本性，將會失去工作並且無法負擔帳單而失去擁有的東西。這種因過度揮霍而造成的強大財務壓力，使得你對下屬或是上司只能束手無策。

四、直覺意象彙集

＊女祭司： 背景的景色代表孤寂，有時也指在問卜者人生中來往的人們，縱使女祭司總是保持著靜默。頭上的紅色帷幕有時代表女性生理週期方面的問題。

皇帝： 皇座二邊的公羊頭象徵倔強與冥頑不靈。

＊死神： 圖中的太陽讓人感覺問卜著要前往一個很熱的區域。

＊惡魔： 那雙紅眼可代表酒醉的、體力透支的，或是睡眠不足。

＊太陽： 圖中「Sun」這個字的下方，有個展開來像 V 字型的條狀物，像是本打開的書，這代表天賦的寫作能力以及將在這範疇有所成就的潛力。

權杖三： 有時會覺得這個衛兵好像斜眼偷瞄著解讀者，彷彿在仔細聆聽是否有危害他的事，這也可以套用在問卜者身上，他可能對某人無法信任，總是隨時注意著那人的一舉一動。

＊權杖四： 有時那些權杖看來像是幾枝筆，暗示問卜者在寫作方面有不錯的能力。

＊權杖七： 圖中男人有時候看起來像是被驚嚇，這和問卜者認為無法勝任工作有關，給予關心與安慰將有所助益。

＊權杖九： 權杖就像監牢的柵欄直立在圖中人像面前。不論從字面或圖片看來，都象徵著牢獄之災。

權杖十： 從圖中人像的頭盔垂下的白布，看來像頭白髮，代表著問卜著身邊某位年長者有著沉重壓力而且需要協助。

權杖騎士： 他似乎不自覺頭上產生的黑煙轉身就走，暗示讓他人憤怒或沮喪的一些問題。有時會指某人頭上跟著片「烏雲」使他緊張亦招致麻煩，或頓塞了內在的心靈能量。

寶劍三： 這三把劍代表著讓問卜者憂鬱與痛苦的三段關係。注視著這三把劍時，會讓我想到三個人並對其關係有所了解。偶爾也會直覺認為這三個人其實就是問卜者的家人。

＊寶劍騎士： 騎士下巴的帶子看起來像樹根，顯示這個人正深陷於某個局勢，做著他認為是為了做而做，並非自身真正想去做的事。

＊聖杯四： 牌上圖案有時暗示著問卜者應該接受頭上聖杯的用力一擊，可能是象徵性或實際地說明（一個點子），也引伸為諸事須多加留意。

＊聖杯七： 夢想中的天堂。豐盛的水果讓這個人從聖杯或情感中伸出頭吸了口新鮮空氣。有幾次看著他握著花的樣子，像是歌手握著麥克風，讓人想探究問卜者的歌唱天賦。頭盔可比喻為飛行員、機車騎士或潛水夫。

聖杯十： 在一次解讀經驗中，我持續注視著圖中女人的馬尾，以此說明問卜者對馬兒的喜愛程度。

＊聖杯王后： 王后背後的閃電，有時代表著問卜者或牌中人物為劇烈的頭疼所苦。頸上的紅色飾物暗示著喉嚨不適，有時王后的臉看起來有點浮腫，可能指過胖或是水腫方面的問題。

聖杯國王： 國王有時看起來像飲酒過量而呈現呆滯神情，代表著問卜者週遭有著相同情形的人。

＊國王手中的權杖看來像支撐物（拐杖），暗示著不良於
　行、髖關節的問題，需要拐杖輔助；泛紫的雙手代表血液
　循環方面的問題。

錢幣二： 圖片中，人像帽緣下方陰暗處和那雙不對稱的雙
　　　　眼（右眼半閉而且失焦），象徵問卜者試圖處理
　　　　工作與創造欲望之間的衝突時，思考認知出現了
　　　　問題。

＊有時這牌意指某人同時有二份工作：兼差與正職。

錢幣四： 牌中人物看來幾乎動彈不得，甚至喘不過氣，因
　　　　為巨大錢幣壓著他的雙手、心臟和頭部，意指問
　　　　卜者不要將錢看得那麼重，應該放輕鬆點。

＊錢幣七： 後面看來像吊滿飾物的聖誕樹，透露出該時節可
　　　　能是一年中或好或壞的時程。有時它制式的代表
　　　　著，你的願望可能要過了那個時候才會實現。

＊錢幣九： 注意那些暗示問卜者正在奢華環境中飲酒作樂的
　　　　葡萄樹。有時這更像給問卜者的警告，要小心避
　　　　免飲酒過量。

＊錢幣十： 那對夫妻看來似乎很滿意新居，但小孩卻告訴
　　　　我，他們很快將再另覓住處。男主人的披肩似乎
　　　　蓋在女主人身上，說服著她離開。

＊錢幣國王： 我常會注意國王的臉，述說問卜者身邊某個人事
　　　　業有成，卻覺得悲傷與孤獨。當我注意的是公牛
　　　　時，會道出他的虛張聲勢和天生牛脾氣只是因為
　　　　缺乏安全感而有的防衛。

＊代表著其他指導者／解讀者（Holly Heintz，Mount Kisco，NY）的一些直覺
　經驗，在此引用讓解釋更多樣化。

第八章
用寶瓶心靈塔羅牌占卜

詳盡說明古塞爾特十字牌陣、
YES／NO牌陣、黃道十二宮牌陣
及預測一年的圓形牌陣如何運
用、占卜方法、以及牌陣意涵。

下面建議的流程可能幫助你在占卜時覺得舒服，不論你是練習或真正從事此服務。各位並不需要視這些流程為定規，每一步驟都按照順序，這些只是在解讀過程中會有的步驟概觀。

前置作業

1．準備一間房間和一張桌子，以便佈置宜人而專業的場地。
2．花幾分鐘讓自己單獨在這場地裡放鬆心情、儲備能量並且集中注意力，營造出一個適宜的能量場。
3．拿出一副乾淨的塔羅牌，洗、切牌幾次後，疊好置於桌上。

開始占卜

1．讓問卜者感到舒適，先確認他是否對你將提供的服務有任何問題，或占卜前有什麼顧慮的地方需要你先說明。
2．開始占卜的前十分鐘，請問卜者先不要告知任何事情，除非他無法了解你所告知的是什麼事，或感到不確實的地方，你可以解釋這個要求是為了保持頭腦清楚並幫助產生直覺訊息，在這初始的十分鐘後，你會很歡迎他和你交流，像是共同合作的伙伴一樣。
3．向問卜者解釋洗牌和切牌的過程後將牌交給他。（除非是由你洗牌）
4．當問卜者洗完牌後，先安靜幾分鐘並進行放鬆步驟，開啟你的能量，試著去感應，讓自己與這房間能重新充滿能量。
5．當問卜者洗好牌後，指示他用左手將牌置於桌面左方，再將牌分成三疊。

6 · 將牌依序疊好，靠問卜者右方的那疊置於最上方，當你將牌攤開時，可以自行決定要直向或橫向的將它們攤開，不論那一種方法，切記動作不要間斷。將牌攤開排好後，開始說出從牌中看到的訊息。以解讀者的角度為主，相反的牌代表逆位。

　　＊當嘗試個人療癒時，你可以自覺的將療癒能量加進塔羅牌解讀過程中。先在自己氣場中發展出療癒能量，然後再擴展到問卜者的氣場。多加練習本書第44頁提及的這種自我療癒技巧，當你順手了，在占卜的前置作業中請加入此一步驟。

7 · 解說牌中透露的訊息時，讓問卜者和你互動，這樣可以幫助他們了解你所說的重點，也可以緩和可能因誤解而產生的恐懼。

8 · 之後再重覆一次解讀的重點，特別留意和問題相關的訊息、不利的情況並探討可以從中獲得什麼。將解讀中所了解的訊息告知問卜者，協助他了解其中意涵，以便未來可以運用在生活上。

一、古塞爾特十字牌陣

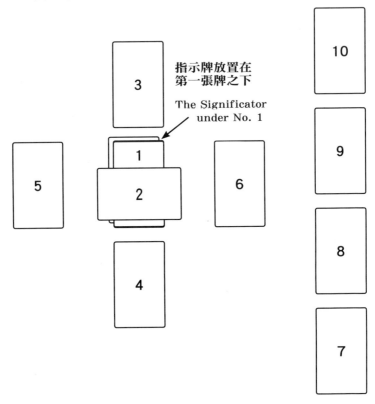

指示牌放置在
第一張牌之下

The Significator
under No. 1

指示牌

　　指示牌是牌陣最中央的一張牌，也是你將以 1 號至 6 號牌排成的十字中心。將牌翻開正面朝上，牌陣中所有牌對問卜者皆有象徵意義。

　　有些占卜者會依據以下問卜者的年齡選擇一種宮廷牌人物：侍者代表小孩、少年或少女；騎士表示年輕男子；王后為所有已

成年女性；國王則為成熟男子。

當展開四張宮廷牌後，如：四張國王的牌代表成熟男子，解讀者會要求問卜者從中抽出一張比較符合他／她自身形象的牌，之後將變成問卜者的象徵性代表。

包括我在內的一些占卜者，通常不太會用到指示牌。我習慣讓象徵問卜者的牌不經意出現在牌陣中，如此更能顯示問卜者的人格特質與內在本質對即將探討的問題有何影響。

有時另一種方式也會被使用，即要求問卜者寫下一個問題，放在指示牌的地方反過來蓋著或折起來不要被看到，如此能將解讀能量集中在問卜者想探索的問題上。

有時可以從上一個占卜牌陣中選一張牌做為指示牌，最常用的是第十號牌，即代表事情最後結果位置的那張牌，做為第二次占卜的指示牌。會發生這種情況可能因為需要再闡明解讀結果，或問卜者希望對牌意有更進一步了解。一旦問卜者將此牌置於桌面中央，並在洗牌時專注於它，「它」便成為牌陣釋義的主題。

古塞爾特十字牌陣

當桌上每張牌被翻過來時，可以大聲唸出下列代表每個位置意義的黑體字。

1 · **現況**：這張牌代表和問題有關的大致環境。它直指問題本質、一般狀態、對於人和情況的影響，還有問題周圍的外在

影響。

2 ・ **影響因素**：這張牌和第一張牌交叉，顯示了可能影響現在情況變好或變壞的相對力量本質。它可以透露問卜者所體驗到的問題本質，或者如同幫手一般來對抗問題的正面力量。它也可以透露問卜者反抗這些力量的方式。雖然這張牌是橫放的，但都以正位解釋。

3 ・ **理想**：這張牌透露的是希望以及問卜者對於問題的期望。它也代表了目前情況下可以被預期的最好成就。（也是問卜者的高我對問題所要傳達的訊息）

4 ・ **基礎**：這張牌描述的是事件的根本。它解釋了問卜者身上經歷過的事件。絕大部分的時候這張牌代表一個學習課題，一個在問卜者生命中持續發生的主題。它也可以代表問卜者對於事件的潛意識觀點。

5 ・ **過去**：這張牌指出一個剛過去或正在消逝的作用。這個作用應該與前兩張牌一起評估，決定這張牌的影響是正面的動力或負面的阻力。假如本質是負面的，那麼我們真的了解要學習的課題嗎？或是它要我們回頭完成應該學的課題？

6 ・ **未來**：這張牌指出一個即將到來的狀況，以及不久的將來會產生影響之作用；它同時顯示，如果沒有採取行動去改變現有狀態時，問卜者未來的走向。你可以用這位置的牌來代表一段未來的特定時間，舉例來說，六個星期或三個月，而且允許心靈洞察力揭露時間框架中的任何改變。

7 ・ **自我**：這張牌透露了問卜者在目前情況中的定位以及他（她）對事情的態度。一個人的內在本質及其對該情境的影響，可能最容易在這位置被看出來。（它代表問卜者對於事件的意識觀點）

8 · **環境**：環境因素通常指家庭以及朋友的影響。它也可以形容問卜者所住的地方的氛圍、工作場所、周圍能量以及在生活中的自我定位。

9 · **希望或恐懼**：這張牌指出問卜者對於這件事情的希望以及恐懼。正面意義透露的是希望，負面意義則是恐懼。它也可以指對於一些正面作用如親密關係、個人權威甚至是成功的恐懼。

10 · **結果**：第十張牌代表經歷前九張牌之後所可能的未來。這張牌可以像前面第六張牌一樣被指定某個特定時間框架（例如：十二個星期或六個月）。憑直覺與這張牌互動很重要，根據其訊息去提供對於問卜者的了解與實用洞察力。如果第十張牌對於事件結果沒有提供清楚的解釋或結論，在為了獲得更詳細訊息而進行第二次占卜時，它可以被當成指示牌來使用。

解釋與理解第十張牌的範例

在我最近一次解讀此牌陣的結尾時，對於正位的寶劍九有一段漫長討論。最終解解釋為負面意義之後，我將前面九張牌所包含的訊息結合起來，對整個情況做了全面檢視。然後增加一些中肯訊息幫助問卜者回應此負面意義，接受結果而非逃避，進而能做出順利度過此事的決定。

＊他被預告將要面對、處理某個情況。如果完全無法避免，他可以先做準備以減緩影響並且將對於自己意識和摯愛之人的擾亂降到最小。至少這樣可以提供一段期間去休息、假期、探索靈魂、或著手進行個人計畫。我感受到他想成為一個作家的欲

望，詳細告訴他如何運用這段時間來啟發創作，並以療癒方式將情感藉由文字的方法宣洩。

* 生命就是由一連串如同綿延山丘的循環所組成。我們總是喜歡順坡而下卻勉強地向下個上坡前進。在其他例子中我們為向下走勢的財務曲線所苦。換句話說，除了生命中的高低起伏，所有時候都應保持平衡，然後衡量自己的進展。

* 我們在這些困難時期以及試煉中學習成長。如果誠實地檢視我們的過去，會發現一些經歷艱困時期所獲得巨大且正面的改變。就像將金屬放進火中打造成工具或是被賦與武器的感覺。

* 我解釋衣服上的水晶圖案象徵過去的影響，因此移去衣服也象徵此影響可以順利進行。

* 未來的象徵顯現為一座由剃刀狀阻礙所構成的曲折迷宮，有可能通過這個迷宮，雖然一些傷痕可以預期是無法避免的。

* 這個包著臉的女人像在恐懼著一個惡夢，而且似乎避免面對未來，她沒有辦法「面對」生命中的課題，因此在這裡會建議問卜者接受這個影響，我舉例就像要避免被全力向自己飛擲來的物體打到，最好的方式就是直視該物體。我感受到他重視棒球，所以藉由比喻他要看著球才知道如何應對的例子支持這個觀點。同時我也在心中看到一幅鬥牛的景象與此有關，即鬥牛士透過準確的觀察以及揮動的斗篷引開向他攻擊的公牛。

* 我也感受到他有自我妄想並缺乏安全感，所以提醒他必須將週遭事物看得更清楚，要能承受短暫損失而不覺得自己被打敗或認為自己是徹底的失敗者。

牌陣中優勢牌組的影響

同一個牌組出現三張或三張以上的牌可以被解讀為這個牌

組所要透露的影響。舉例來說，四張錢幣牌出現代表首要注重的是財務以及物質層面事物，或是這個牌組的影響比其他牌組來的大。

三張以上的宮廷牌出現代表他人對目前局勢有著重大影響。

兩張以上同一數字的牌出現就應該要著重該數字的訊息。舉例來說，三張A的出現代表了許多新的開始而且預言全面的成功。

四張以上的大阿爾克納出現代表一個強烈、無限的影響，同時也暗示命運在問題裡佔有一定的影響。

某一牌組或大阿爾克納沒有出現代表該領域對問題將不會產生影響，或是此一領域不為問卜者所重視。

二、Yes／No牌陣

(4) 遙遠的過去 及事件 的基礎	(2) 剛過去 的影響	(1) 現況	(3) 即將到來 的影響	(5) 未來的 最終結果

　　最快且最容易的占卜方法只要用五張牌。如前面所述洗牌、切牌，專心於只有Yes／No答案的問題。將塔羅牌如圖示以直線排列，正位牌答案就是Yes，逆位牌答案就是No。這些牌用來解釋牌中所要傳達的訊息並且幫助問卜者對於情況動態有更多了解。

　　位於中央的１號牌代表當下情況並且會指出目前一組有益或無益的環境；位於１號牌左邊的２號牌代表剛過去的影響；１號牌右邊的３號牌則是即將到來的影響；最左邊的４號牌代表遙遠的過去以及事件的基礎；最右邊的５號牌則代表未來的最終結果，舉例來說，如果問卜者沒有做任何改變的話，結果將會發生在未來六個月內。經由牌意所透露的負面影響可以被看是一種的引導，引導問卜者著手努力於可能的改變。其它相關的訊息則是藉由過半數的出現某一副牌組、某一數字、或是大阿爾克納等等的方式所透露。

以下列出Yes／No牌陣所傳達的訊息：

5張正位 = **絕對是好的**，註定一帆風順

4張正位 = **絕大部分是好**，只有一點小問題需要克服

3張正位 = **有可能是好的**，會有計畫的改變和需要辛勤的努力

2張正位 = **有可能是不好的**，改變也許沒有太大的作用

1張正位 = **絕大部分是不好**，會有大問題阻礙了前方的道路

0張正位 = **絕對是不好的**，如果計畫付諸行動的話， 註定會有
問題發生。

　　如果想要獲得更多關於這些答案背後的訊息，可以再增加三張垂直排列的牌。覆蓋住中央牌的六號牌代表的是問卜者意識心智的心理影響。在它上方的七號牌代表高我所傳達的訊息；下方的八號牌則透露了影響情況的潛意識模式。

三、黃道十二宮牌陣

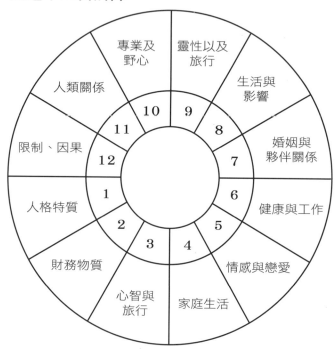

洗牌、切牌後，以逆時針方向將牌放在牌陣的十二個位置上。如果要占卜得更深入，每個位置再放兩張或兩張以上的牌，重複兩次或兩次以上這樣的圓形擺牌。

十二宮的影響

1、**人格特質**：你如何與生活產生關聯以及如何向世界展現自己。自己的態度。

2、**財務物質**：物質價值、財產和維持生計，還有賺錢及理財的能力。

3、**心智與旅行**：你的意識、運用智慧的能力、溝通、兄弟姊妹、短期的旅行。

4、**家庭生活**：你童年時期的基礎、家庭關係，你的家庭與生活方向、不動產。

5、**情感與戀愛**：你的戀愛觀、愛情生活、孩子、你的感情本質、創造力還有喜悅。

6、**健康與工作**：未被察覺到的影響、你的健康、自己如何投入工作、服務與責任。

7、**婚姻與夥伴關係**：與他人親密互動的能力，此一位置代表夥伴、朋友、敵人、事業關係。

8、**生活與影響**：神秘的事件、生活中隱藏的影響、其他人如何與你產生關聯、性慾、心靈的能力。

9、**靈性以及旅行**：你更高層的心智、人生觀、宗教、心智的秘契狀態以及長途旅行。

10、**專業及野心**：你專業的地位和目標，事業與社交生活、以及你對於自我價值的觀感。

11、**人類關係**：你社會化與群體合作的能力、博愛的成就、外在的力量。同時也是希望、恐懼和靈感。

12、**限制、因果**：你隱性的人格、力量和弱點，你身上的限制，業力以及出於命運的工作。

四、預測一年的圓形牌陣

　　同樣的圓形牌陣，不過不是用占星學的十二宮位置解讀，而是每個位置代表每一個月份。每個位置的三張牌為該月訊息的解讀，而且看作與整個牌陣有關。

附錄

附錄一、
塔羅牌與靈數學的相互關係

　　靈數學研究數字所包含的神秘意義以及表現方式，並應用於人格特質和生活狀態上。希臘哲學家畢達哥拉斯（西元前572年～497年）曾提出數字為通往宇宙的秘密鑰匙的看法。經過許久的時間，神秘學家藉由研究數字已經分析解讀出宇宙振動的情形。他們的公式與方程式已經簡化到揭露每個數字的本質，以及數字彼此互動的和諧程度。

　　實用的靈數學就是將英文二十六個字母轉化成個位數、姓名與生日也簡化成重要數字來解釋，舉例來說，A=1、B=2、C=3・・・H=8、I=9、J=10=1+0=1、K=11=1+1=2、L=3，以此類推。生日是1952年8月8日，數字就是1+9+5+2+8+8=33=6。

　　靈數學在塔羅牌占卜的衍生意義裡為具有重要貢獻的要素。每一張牌的靈數學意義約略敘述如下：

0：不受限制、無限的潛能、絕對、無所不在、無窮。純潔的精神、未顯露的主意、尚未應用在物質世界的創造性能量。空。

1：開始、新事物的開端、最初。首要的、精華、主動的原則、獨創性。自我的感覺、自我意識、「我是」、果斷、意志力、勇氣、堅持、巨大的能量。一個具有建設性心智又勇敢的人、先鋒者的精神，看似自我滿足的領袖特質。

2：兩元性、極性、可替換的選擇、猶豫不決、變動的情形、對立、敵意、衝突。尋求妥協、對立意見及慾望中的短暫和平與穩定、反省與沉思。一個深情、熱心而且敏感的人，個性溫和、體貼而且需要友誼。

3： 三位一體，混和對立力量而創造出一股第三力量，並且帶來
和諧、孩童的誕生。謹慎的計畫、注意細節、有秩序的成
長、延伸、改進、心靈化。藝術性天分和直覺的表現、實際
運用。一個快樂、自發而且外向的人，兼具魅力、奉獻精
神、同情心以及慷慨性格。

4： 穩固的基礎、安定的狀態、安全感、物質性、實際、傳統。
有系統的計畫並且建立在基礎上、審慎的評估、實際的成
就。一個實際、樸實的人有著創造性、抱負、勤奮的性格，
同時表現出耐心和堅忍不拔。

5： 自由、獨立、旅行、溝通、理性、聰明、科學邏輯、創造
力、適應性。艱困的情況、與他人關係之間的問題、爭執、
掙扎、爭鬥、需要去改變以及適應。一個伶俐、多才多藝、
高主動性的人，但是沒有耐心、容易激動、善變而且容易沮
喪。

6： 愛、自我犧牲、忠誠。均衡、對立的平衡、適應、合作、成
就、滿足、自信、成功。本分、義務、責任。一個有著雙重
本質的人忠誠地愛著家庭及朋友，敏感而懂得欣賞精緻藝
術，也有可能懶惰又隨便。

7： 成功、任務的完成、優勢、勝利。一段休息及反省的時間、
內省、暫時的休息。洞察力、智慧、神秘及心靈才能。一個
體貼關心他人的人，有著聰明、高度的創造力、深思熟慮的
性格，是一個可以當好朋友的人而且能欣賞生命中細微的事
物。

8： 權威、責任、力量、意志、紀律、堅忍。權力、強烈的表

現、金錢。有能力轉化能量並且看到許多層面。循環、交流的電流、相對的力量、改變。一個誠實、真摯又坦率的人能實際運用意志力但是過度拘泥於規矩。

9： 完成、結束、成就、達成目標、技巧、而且稱職。體貼、有智慧、更高意識的滿足。博愛、利他主義者、有同情心、追尋真理。一個溫和、浪漫、有同情心的人有著想像力以及藝術天分。

10：0與更高階數字1的顯現（10=1+0=1），使它有1的特質。重生。

11：直覺、接收更高源頭的能力、秘契主義、靈性。一個更高階的2（11=1+1=2）代表著理想主義的、容易激動、容易改變、有時候不安定的。

22：完全掌握了物質世界、更高階的4（22=2+2=4）。熟練的建造者、懂得將知識以及洞察力運用在物質層面。一個與群體合作而且令人振奮的新世紀建造者。

附錄二、
占星學與大阿爾克納的關聯

以下列出每一張大阿爾克納與星象符號所代表的意義或星體的關聯。

1、**愚者＝天王星**：挑動突然無法預測的改變、變革、演變。反抗、自由、獨立。衝動的、高亢的情緒、古怪。

2、**魔術師＝水星**：聰明、理智、有邏輯、具適應性、溝通、技巧。直覺、沉思、能接受更高層訊息並且藉由意識與之溝通。

3、**女祭司＝月亮**：陰性原則、體貼、適應、同化、感覺、情感、情緒。天性、靈性、潛意識、接受能力、記憶、過去。

4、**皇后＝金星**：愛、創造力、藝術、繁殖力、和諧、平衡。舒適、奢華、美麗、優雅、迷人的。

5、**皇帝＝白羊座**：開創的、積極進取、具有權威、直率、缺乏耐心、衝動、決心、領袖特質。掌控大腦、化理想為行動。

6、**教皇＝金牛座**：穩定、可靠、信念、傳統、固執、懶惰。金錢、物質的財富、世界的物質架構。掌控耳朵和喉嚨、傾聽並且表達內心的聲音。

7、**戀人＝雙子座**：兩元性、意見多變、在理智與情感間抉擇。家庭與家人之愛、邏輯與科學的推論、自我進步、短期的旅行。

8、**戰車＝巨蟹座**：敏感、自我保護、自我防衛。心靈的、努力維持情感平衡以及內在和諧。經歷過戀愛關係的挑戰，勝利感會凌駕於情感；家庭、教養。

9、**力量＝獅子座**：力量、巨大的能量、強烈的情感、勇氣、忠誠、高尚。權威、溫暖、愛、感情、戀愛。自我中心、自大、充滿激情的、自我表現、創造力、成功。

10、**隱者＝處女座**：追求完美、有技巧、有用的、內心的辨別力、分析的能力。完美主義者、嚴苛、謹慎的、有條不紊、認真的、會用比喻教導他人、熱心公益。

11、**命運之輪＝木星**：機會、成長、延伸、成功、幸運、慷慨。和諧、崇高的志向、成就、快樂、愉悅。智慧、宗教、律法。

12、**正義＝天秤座**：平衡、和諧、和平、優雅、愛、同情心、公正、圓融、外交手腕、平等、正義。禮貌、藝術感、需要果決、夥伴關係。

13、**吊人＝海王星**：自我犧牲、理想主義、寬容、通靈、易受影響、想像力、幻想、錯覺、自我欺騙。

14、**死神＝天蠍座／老鷹**：改變、變質、復興、死亡與重生、情感的強烈、力量、性慾、奇幻。秘密、懷疑、報復、很深的感情、無意識的動機、精神分析。

15、**節制＝人馬座，射手座**：導師、高我、宗教、靈性的運用、真理、誠實、熱誠、接受性、容忍、真摯、正確的判斷、仁慈、慷慨、美麗、長途旅程。

16、**惡魔＝魔羯座，山羊**：實際、審判、譴責、抱負、勤勉、耐心、尊嚴。世故、對成功的外在認知。業力、約束、限制、沮喪。

17、**塔＝火星**：能量、古怪的行為、爆發的改變、暴力、發

怒、惱怒、戰爭、性能量、深入、開始行動、自信、決心、勇氣。

18、**星星＝水瓶座，寶瓶**：啟發、洞察力、知識、直覺。希望、祈求、理想主義、同情心、朋友、群體意識、博愛。耐心、堅忍不拔、積極、獨創性、獨立。

19、**月亮＝雙魚座，魚**：夢想、想像力、內省、靈性、心靈、神秘的、隱匿、孤獨。抱負、創造力、同情心、仁慈。困惑、缺乏安全感、敏感、容易被騙。

20、**太陽＝太陽**：愛、喜樂、幸福、成功、賞識。權力、活力、敏捷、決心、意志力、權威、自我意識、精神。

21、**審判＝冥王星**：強烈、動亂、變化、轉化、毀滅及重生、治癒。更高層的力量、隱藏的力量。群眾、強迫的行為、狂熱。

22、**世界＝土星**：秩序、專注、建構、安定。抑制、因果、義務、責任、穩健、堅忍不拔。為了成功以及賞識的滿足感而奮鬥。

附錄三、
作者對於塞爾特十字牌陣的看法

指示牌

指示牌描繪問卜者的個性以及個人當下情況的發展。它代表問卜者如何看待自己以及他人如何看待。

小十字

小十字由 1 號牌跟 2 號牌組成，代表問卜者現在正經歷的生活狀況。通常描繪對於問卜者當下情況的世俗觀點並且透露塔羅牌解讀時要問的問題。

大十字

大十字的垂直 3 號牌和 4 號牌，代表著流向問卜者的非物質影響。位於最高點的 3 號牌代表問卜者高我所提供給問卜者的能量及訊息。位於十字底部的 4 號牌代表問卜者潛意識去體驗事件影響的方法，還有在不自覺狀態下經歷業力的學習課程。

大十字的水平橫梁由 5 號牌和 6 號牌組成，描述問卜者如何將這些影響轉化到日常生活裡。左邊的 5 號牌描繪已經被釋放出來的課題，而右邊的 6 號牌則是即將要面對的課題。這些影響藉由體驗正面及負面生命狀態的方式與一個人的成長產生關聯，而且對自我與生命的了解有更深一層的發展。

垂直的階梯

四張在十字右邊的牌，從數字7到數字10象徵著問卜者走向未來的道路。

位於最底部的7號牌顯示先前牌卡所獲得狀況的開端。它透露問卜者當下的信念和態度，並且幫助將這些因素重新編織以利於學習牌中的知識。

8號牌代表的是環境的影響，它敘述問卜者週遭的人以及正在面對的生命狀態如何影響問卜者。擁抱正面影響可以增進個人成長。藉由了解負面影響，問卜者可以接受提供的幫助來處理它們。

9號牌代表希望和恐懼，透露問卜者在承擔風險與面對限制時，對於自我和生活狀態的觀點如何影響自己。恐懼指出憂慮、焦慮、懼怕還有猶豫。希望指出欲望、期望、熱衷、信念還有信心。某些情況下問卜者可能會基於莫名的恐懼而對成功或成就感到害怕。

最上面的10號牌展現解讀的最終結果，還有在不久將來會獲得的報酬以及要學習的課題。它代表先前所有牌顯現的影響到達頂點，並揭露已完成的發展為解讀的情境結果。就像粉刷一間房子：從梯子要移到房子的下個地方粉刷之前，得先將梯子目前的地方粉刷完成。

附錄四、
塔羅牌的驅向表

下列圖表將每一張塔羅牌在正位或逆位時所代表的或是正面，或是負面，或是混合的意義大略介紹出來。它設計的目的是用來幫助學生們了解每一個牌組及大阿爾克納的趨向。

小阿爾克納

權杖牌組			寶劍牌組			聖杯牌組			錢幣牌組		
#	UP	REV	#	UP	REV	#	UP	REV	#	UP	REV
1	+	—	1	(+)	—	1	+	—	1	+	—
2	+/—	(—)	2	—		2	+	—	2	(+)	—
3	+	+/—	3	—	—	3	+	—	3	+	—
4	—	(+)	4	(+)	—	4	—	+	4	(+)	—
5	(—)	(+)	5	—		5	—	+	5	—	
6	+	—	6	(+)	—	6	+	—	6	+	—
7	+	—	7	—	(—)	7	(—)	+	7	+	—
8	+	—	8	—	(—)	8	(+)	—	8	+	—
9	+	—	9	—	(—)	9	+	—	9	+	—
10	(—)	—	10	—	(+)	10	+	—	10	+	—
P	+	—	P	+/—	—	P	+	—	P	+	—
Kn	+	—	Kn	+/—	—	Kn	+	—	Kn	+	—
Q	+	—	Q	+/—	—	Q	+	—	Q	+	—
K	+	(—)	K	+/—	—	K	+	—	K	+	—

大阿爾克納

#	UP	REV
1	＋	－
2	＋	－
3	＋	－
4	＋	－
5	＋	－
6	＋	－
7	＋	－
8	＋	－
9	（＋）	－
10	＋	－
11	＋	－
12	＋	－

#	UP	REV
13	（－）	－
14	＋	－
15	－	（＋）
16	－	（－）
17	＋	－
18	－	＋
19	＋	（－）
20	＋	－
21	＋	－
0	（＋）	－
0／22	＋	－

説明：＋正面，－負面，＋／－混合，（＋）大部分是正面，（－）大部分是
負面

參考書目

BENNETT, SIDNEY
Tarot for the Millions, Los Angles,
CA: Sherbourne Press, Inc., 1967

BUNKER, DUSTY
Numerology and Your Future,
Gloucester, MA: Para Research,
1980

CASE, PAUL FOSTER
The Tarot, Richmond, VA: Macoy
Publishing Co., 1947

CIRLOT, J.E.
A Dictionary of Symbols, New York:
Philosophical Library, Inc., 1962

CONNOLLY, EILEEN
Tarot: A New Handbook for the
Apprentice, North Hollywood, CA:
Newcastle Publishing Company,
Inc., 1979

DOUGLAS, ALFRED
The Tarot, New York: Penguin
Books, 1973

GERULSKIS-ESTES, SUSAN
The Book of Tarot, Stamford, CT :
U.S. Games Systems, Inc., 1981

GRAVES, F.D.
The Windows of Tarot, Dobbs
Ferry, NY: Morgan & Morgan, Inc.,
1973

GRAY, EDEN
The Tarot Revealed, New York: New
American Library, 1969

HALL, MANLY P.
The Secret Teachings of All Ages,
Los Angles, CA: The Philosophical
Research Society, Inc., 1977

JUNJULAS, GRAIG
Self Discovery Through Psychic
Awareness, Yonkers, NY: 1982

KAPLAN, STUART R.
The Encyclopedia of Tarot,
Stamford, C T: U. S. Games Systems,
Inc., 3 volumes, 1978, 1986, and
1990.

**MARCH, MARION &
McIVERS, JOAN**
The Only Way To Learn Astrology,
San Diego, CA: Astro Computing
Services, 1980

WAITE, ARTHUR E.
The Pictorial Key to the Tarot,
Stamford, CT 07902: U.S.Games
Systems, Inc., 1983

ZAIN, C.C.
The Sacred Tarot, Los Angles, CA:
The Church of Light, 1969

ZOLAR
The Encyclopedia of Ancient and
Forbidden Knowledge, New York:
Nash Publishing, 1970

寶瓶心靈塔羅牌
Aquarian Tarot Deck & Book Set

作者　Craig Junjulas
繪圖　David Palladini
譯者　李信融
監修　丹尼爾
發行人　黃鎮隆
副總經理　葛麗英
經理　鄭如芳
總編輯　叢昌瑜
責任編輯　李蓉婷
美術監製　徐祺鈞
外盒／牌面設計　廖勁智
設計印製　明越彩色製版印刷有限公司

出版　尖端出版http://www.spp.com.tw
　　　城邦文化事業股份有限公司
　　　地址／台北市民生東路二段141號10樓
　　　電話／(02)2500-7600　傳真／(02)2500-1973

讀者服務信箱　E-mail／salute_lee@mail2.spp.com.tw
劃撥專線　(03)312-4212
帳號　05622663 尖端出版股份有限公司
　　　※劃撥金額未滿500元，請加附掛號郵資50元
法律顧問　通律機構
地址　台北市重慶南路二段59號11樓
發行　英屬蓋曼群島商家庭傳媒股份有限公司 城邦分公司
　　　尖端出版 行銷業務部
　　　地址／台北市民生東路二段141號10樓
　　　電話／(02) 2500-7600　傳真／(02) 2500-1979
　　　客服信箱E-mail／sandy@spp.com.tw

台灣地區總經銷　中彰投以北(含宜花東) 勤力國際股份有限公司
　　　　　　　　電話：(02)2910-6880(轉圖書部)
　　　　　　　　傳真：(02)2910-6891~93
　　　　　　雲嘉以南　威信圖書有限公司
　　　　　　嘉義公司　電話：(05)233-3852　傳真：(05)233-3863
　　　　　　　　　　　客服專線：0800-028-028
　　　　　　高雄公司　電話：(07)373-0079　傳真：(07)373-0087
馬新地區總經銷　城邦(馬新)出版集團 Cite (M) Sdn.Bhd. (458372U)
　　　　　　　　電話：603-9056-3833　傳真：603-9056-2833
　　　　　　　　E-mail：citeckm@pd.jaring.my
香港地區總經銷　城邦 (香港)出版集團 Cite (H.K.)Publishing Group Limited
　　　　　　　　電話：2508-6231　傳真：2578-9337
　　　　　　　　E-mail：citehk@hknet.com

版次　2006年5月初版 Printed in Taiwan
ISBN　957-10-3249-2

Original English language edition Copyright ©1970 by U. S. Games Systems, Inc., Stamford, CT USA.Complex Chinese translation Copyright ©2006 by Sharp Point Press, a division of Cite Publishing Limited.Complex Chinese characters edition published by Sharp Point Press under license from U. S. Games Systems, Inc., arranged through Big Apple Tuttle-Mori Agency, Inc.

寶瓶心靈塔羅牌 / Craig Junjulas作；David Palladini繪圖；李信融譯. -- 初版. -- 臺北市：尖端出版：家庭傳媒城邦公司發行, 2006[民95]
面；　公分
參考書目：面
譯自：Aquarian taort deck & book set
ISBN 957-10-3249-2(平裝)

1. 占卜

292.9　　　　　　　　　　　95006209